U0937790

MEIYOU YUESHUDE ZAGAN

没有约束的杂感

林凯●著

李有良/画

商务印书馆

2005年·北京

图书在版编目(CIP)数据

没有约束的杂感／林凯著；李有良画．—北京：商务印书馆，2005
ISBN 7-100-04386-7

I. 没…　II. ①林…　②李…　III. 漫画－作品集－中国－现代　IV. J228.2

中国版本图书馆 CIP 数据核字（2005）第 004550 号

MÉIYǑU YUĒSHÙ DE ZÁGǍN

没有约束的杂感

林 凯 著　　李有良 画

商 务 印 书 馆 出 版
（北京王府井大街36号　邮政编码 100710）
商 务 印 书 馆 发 行
北京瑞古冠中印刷厂印刷
ISBN 7－100－04386－7/J·7

2005 年 6 月第 1 版　　开本 787×1092　1/32
2005 年 6 月北京第 1 次印刷　　印张 9¾　插页 1
印数 5 000 册

定价：16.00 元

为林凯的书作序

接受为本书作序的任务，我觉得面临一次考试：怎样把序文写短？

这里一题一画，据以配图的文字只有那么一句两句，何其精短！

林凯采取的是语录体。外国的不说，在中国，最早是《论语》以孔夫子的学生记录老师的言行，有些已经成为格言。宋代的朱熹也用过语录体，从那里可知近千年前中原人的口语已经接近现代，比他们写的古文好懂多了。上个世纪有人选编了一本《毛主席语录》，从毛泽东著作中摘录了九百条"最高指示"，也算作"语录"，由林彪作序，印行数以亿计，大大普及。当年全世界都知中国有"小红书"，人手一册，静态的典型姿势是右手执书，贴在左胸前——心脏方寸之地；动态则高举过头，大幅度摇动，配合"万岁"的山呼。

岁月如流，往事已成旧梦。当时的少年

儿童林凯，人到中年自成一家，也许只是适应所谓"读图时代"的出版要求，借鉴了何立伟、康笑宇他们好多位以短句与漫画相配的经验，使用了类似语录的体裁吧？

然而我还是在样稿中，发现了《毛主席语录》的影响。

大家记得毛在1938年革命老人吴玉章六十诞辰的祝词里的话："一个人做点好事并不难，难的是一辈子做好事……"

大家再看林凯这两段话：

做好事难，做一辈子好事更难。当然更难的是一辈子把坏事当好事那样理直气壮地干，并让大多数人相信这坏事是好事。

说真话难，说一辈子真话更难。说假话也不易，说一辈子假话并让人相信更不易。

套一句过去年代的习惯用语，这难道不也

是对前引语录的"发展"吗？

时至今日，"小红书"已成文革文物，而林彪还能给毛泽东一条语录续出新意，——我相信他绝不是一笔一笔地描红，而是因曾经烂熟于心，"融化在血液中"，这才能在面对社会万象时，打开思路，接通信号，自然而然地以毛泽东行文的语气表达出来。若在三十年前，能选他为"活学活用毛主席著作积极分子"，到人民大会堂去开会吗？

此序还是写长了，一篇也顶不上林彪一句。可见写短文难，写一句两句顶一篇的短文更难。

邵燕祥　2004年11月28日

序

邵燕祥

接受为本书作序的任务，我觉得面临一次考试：怎样把序文写短？

这里一题一画，据以配图的文字只有那么一句两句，何其精短！

林凯采取的是语录体。外国的不说，在中国，最早是《论语》以孔夫子的学生记录老师的话行世，有些已经成为格言。宋代的朱熹也用过语录体，从那里可知近千年前中原人的口语已经接近现代，比他们写的古文好懂多了。

上个世纪有人选编了一本《毛主席语录》，从毛泽东著作中摘录了几百条“最高指示”，也算作“语录”，由林彪作序，印行数以亿计，大大普及。当年全世界都知中国有“小红书”，人手一册，静态的典型姿势是右手执书，贴在左胸前——心脏方寸之地；动态则高举过头，大幅度摇动，配合“万岁”的山呼。

岁月如流，往事已成旧梦。当时的少年儿童林凯，人到中年自成一家，也许只是适应所谓“读图时代”的出版要求，借鉴了何立伟、康笑宇他们好多位以短句与漫画相配的经验，使用了类似语录的体裁吧？

然而我还是在样稿中，发现了《毛主席语录》的影响。

大家记得毛主席在1938年革命老人吴玉章六十诞辰的祝词里的话：“一个人做点好事并不难，难的是一辈子做好事……”

大家再看林凯这两段话：

做好事难，做一辈子好事更难。当然更难的是一辈子把坏事当好事那样理直气壮地干，并让大多数人相信这坏事是好事。

说真话难，说一辈子真话更难。说假话也不易，说一辈子假话并让人相信更不易。

套一句过去年代的习惯用语，这难道不也可以说是对前引语录的“发展”吗？

时至今日“小红书”已成“文革”文物，而林凯还能给毛泽东一条语录续出新意，——我相信他绝不是一笔一笔的描红，而因曾经烂熟于心，“融化在血液中”，这才能在面对社会万象时，打开思路，接通信号，自然而然以毛泽东行文的语气表达出来。若在三十年前，能选他为“活学活用毛主席著作积极分子”，到人民大会堂去开会吗？

此序还是写长了，一篇也顶不上林凯一句。可见写短文难，写一句两句顶一篇的短文更难。

2004年11月28日

目录

上篇 思想的感悟

被告
可往往给别人定规矩的人

下篇 生活的感悟

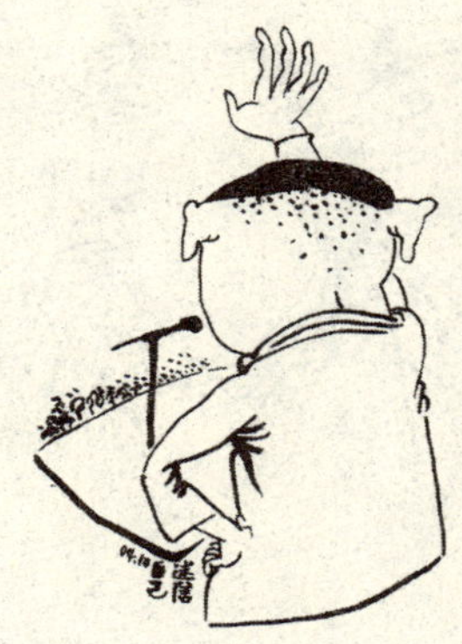

上篇 思想的感悟

智慧的燃烧

人的智慧分三个层次：一是用自己的智慧燃烧了自己；二是用自己的智慧燃烧了别人；三是用别人的智慧燃烧了自己。

智慧的燃烧

思想的嫁接

有的人嫁接别人的思想获得的是健康，有的人嫁接别人的思想获得的是死亡。健康的人是说自己的话，死亡的人是说别人的话。

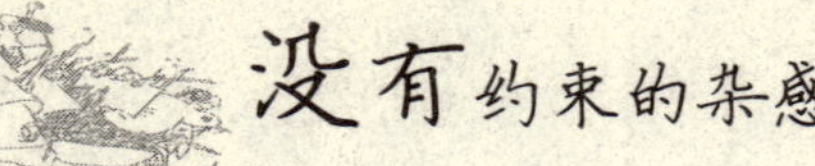

思想的释放

自己释放自己的思想是一种解脱；别人让自己释放自己的思想是一种开明；社会让自己释放自己的思想是一种自由。

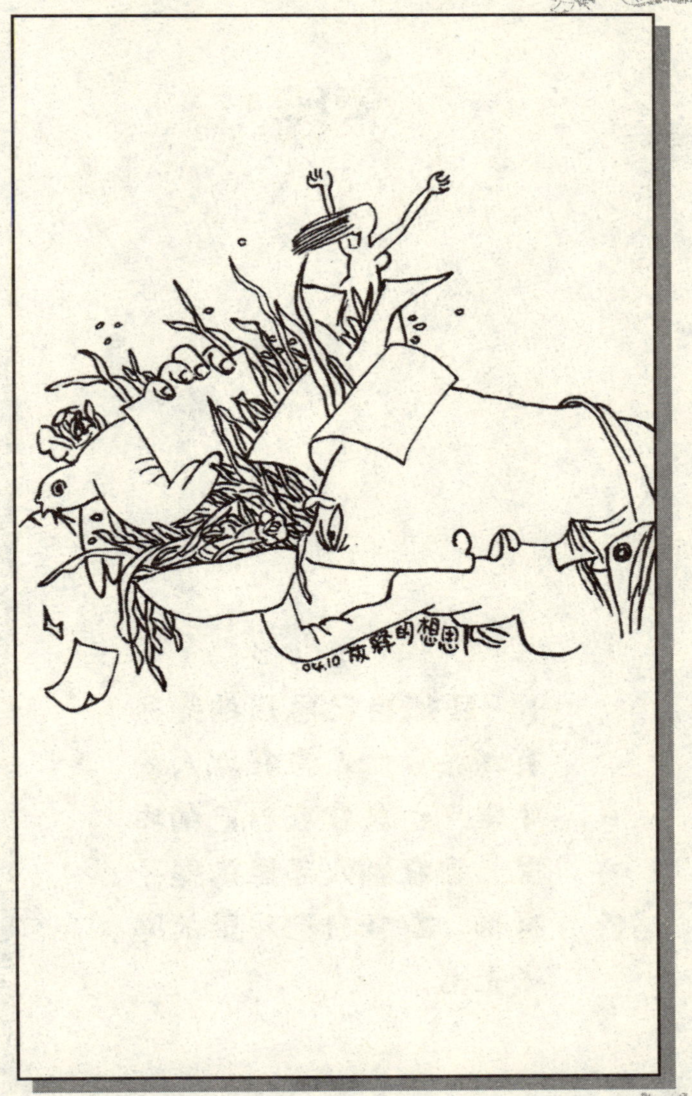
04.10 放肆的想思

束缚

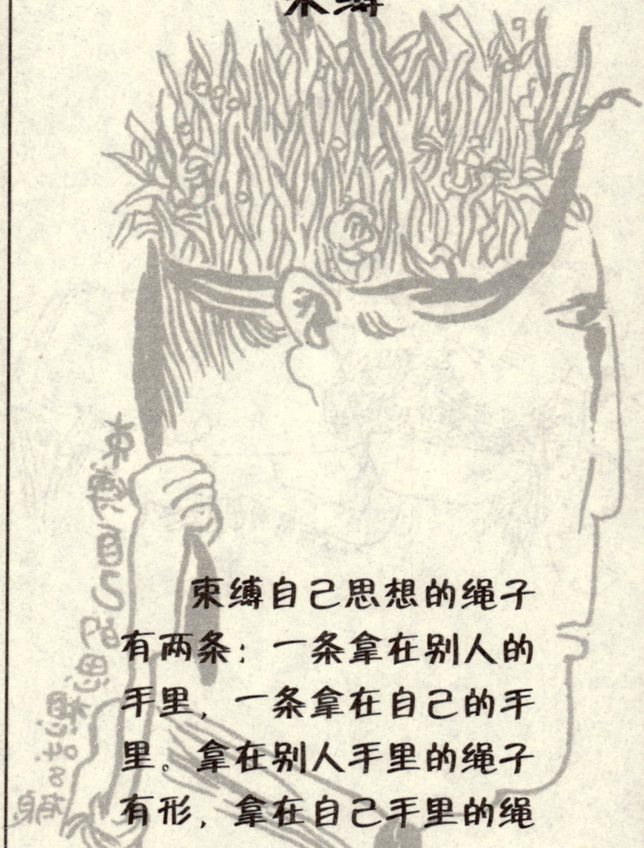

束缚自己思想的绳子有两条：一条拿在别人的手里，一条拿在自己的手里。拿在别人手里的绳子有形，拿在自己手里的绳子无形。

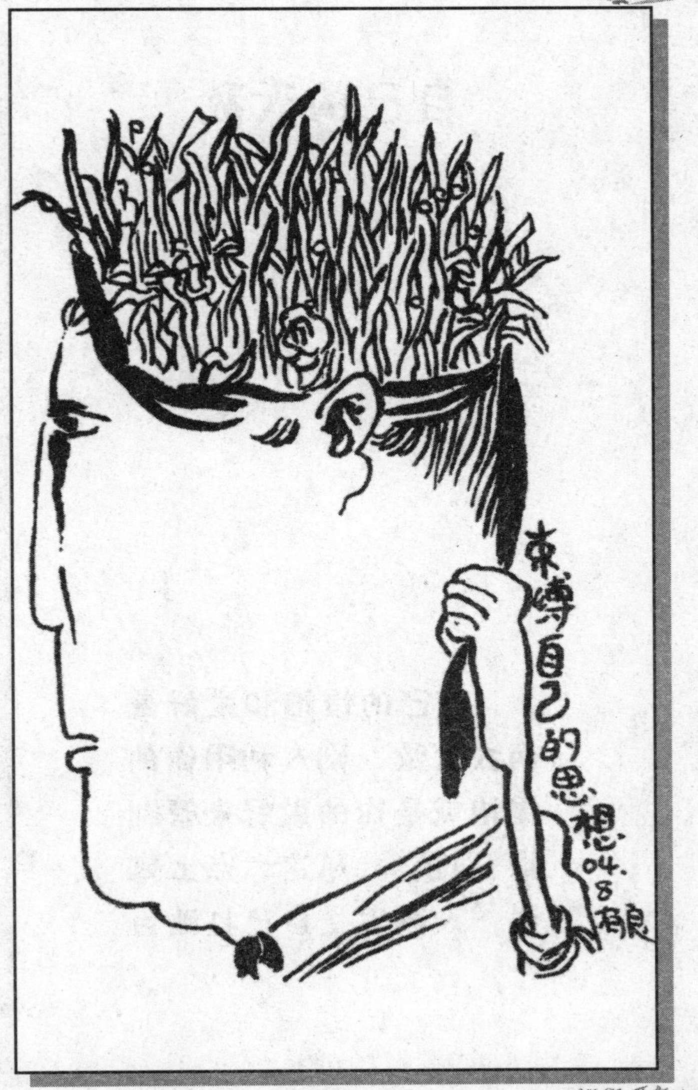
束缚自己的思想
04.8
有良

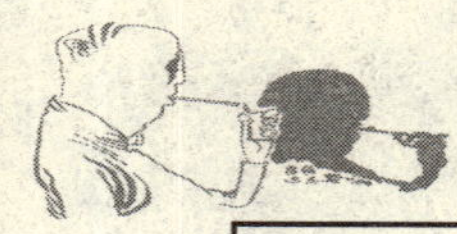

自己的天敌

自己的惧怕和爱好是两大天敌。别人利用你的惧怕或是你的爱好来管制你、引诱你。从这一点上来说，人确实是自己打败自己。

自己的天敌
04.10

知识有时也是棍子

知识有时也充当棍子的角色，被某些人挥来挥去。既打愚昧，也打文明。

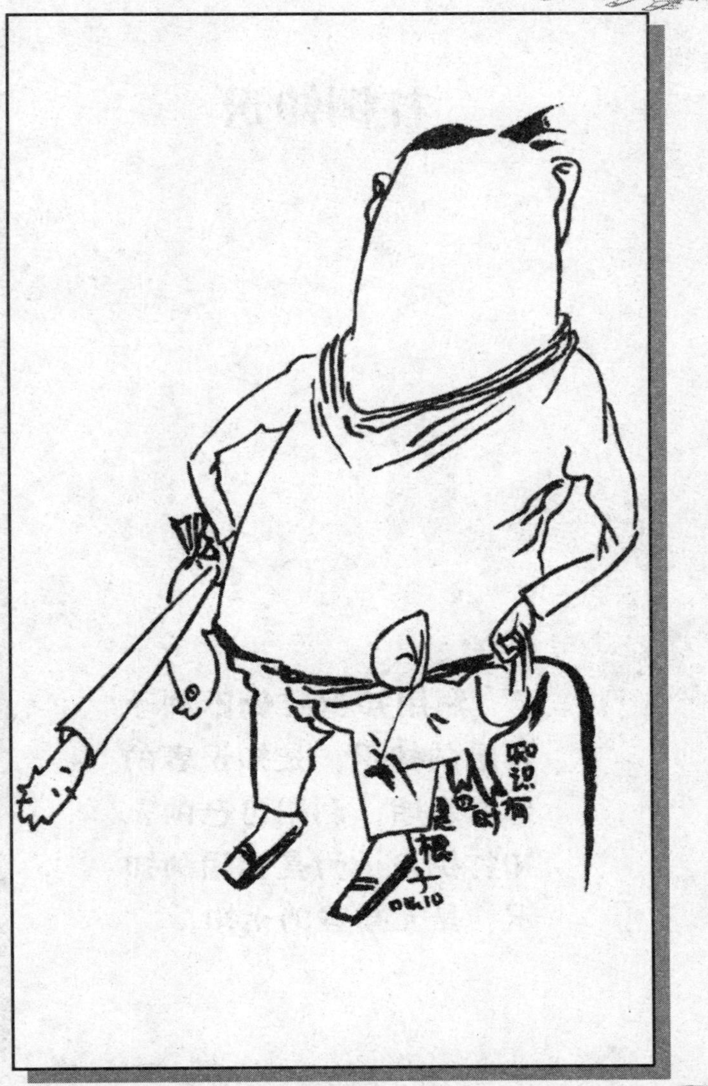
知识有
的时
是根子
04.10

打倒知识

利用知识打倒不利于自己的知识，是知识者的一大发明；利用自己的无知打倒自认为是无用的知识，是无知者的无知。

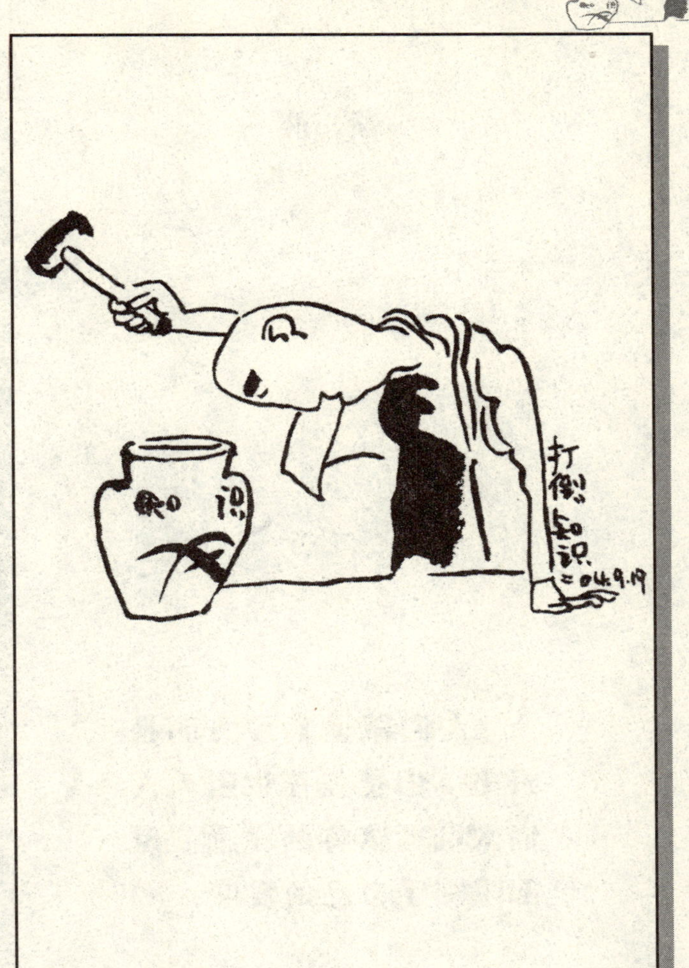
打倒知识

精通

人们精通某一方面是好事，但是往往也因为人们太囿于这样的精通，反而限制了自己的发展。

人们精通某一方面是好事，但是往往也因为人们太囿于这样的精通，反而限制了自己的发展

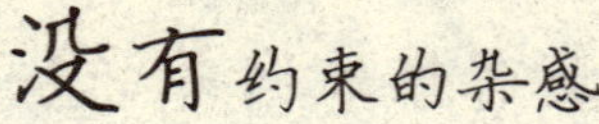

大小罪恶

斗字不识的人犯罪是小罪，因为它的影响很小；有知识的人犯罪是大罪，因为它有时会坑害几代人。

有知识的人犯罪是罪上加罪，因为它有时会坑害几代人

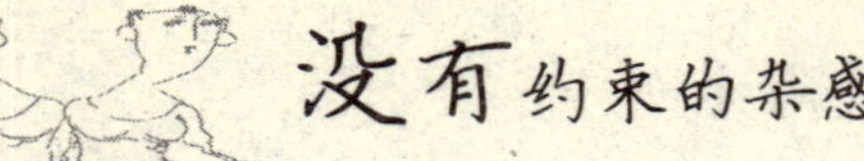

真理和谎言

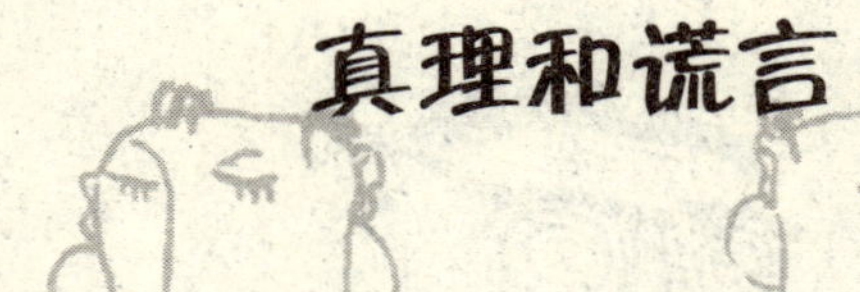

有时真理和谎言像是双胞胎，穿戴一样，面目相同，所以弄得人们在真理和谎言面前无所适从。

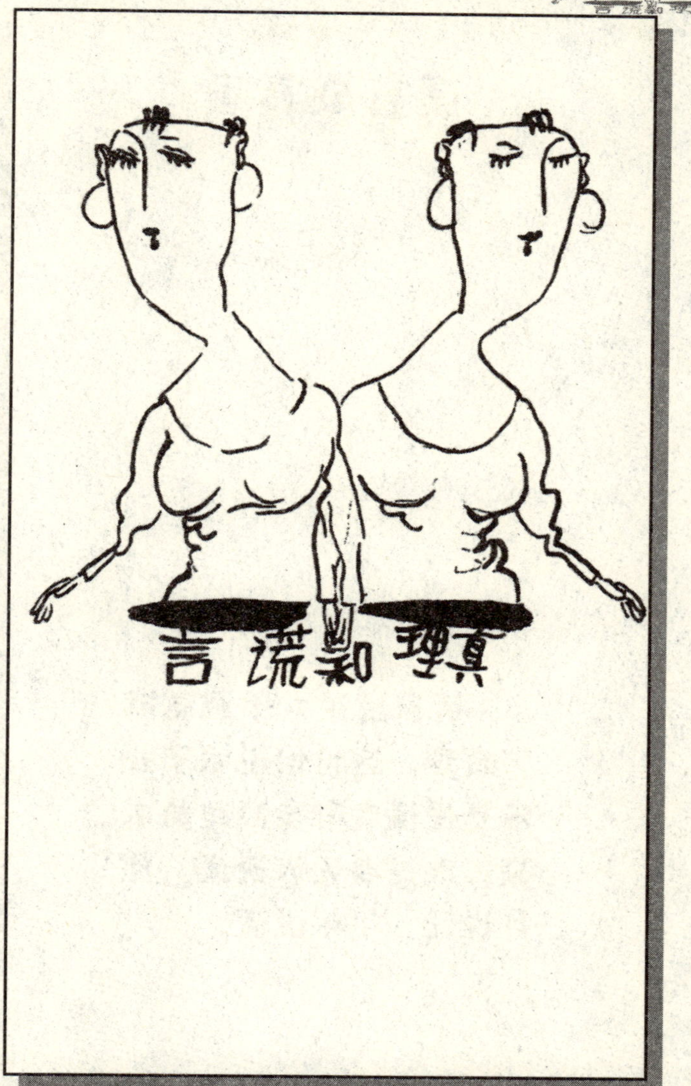
真理和谎言

谎言成真理

谎言说了一千遍就成了真理。这恰恰说明了并不是说谎者有多高超的本领，而是要天天说谎，月月说谎，年年说谎。

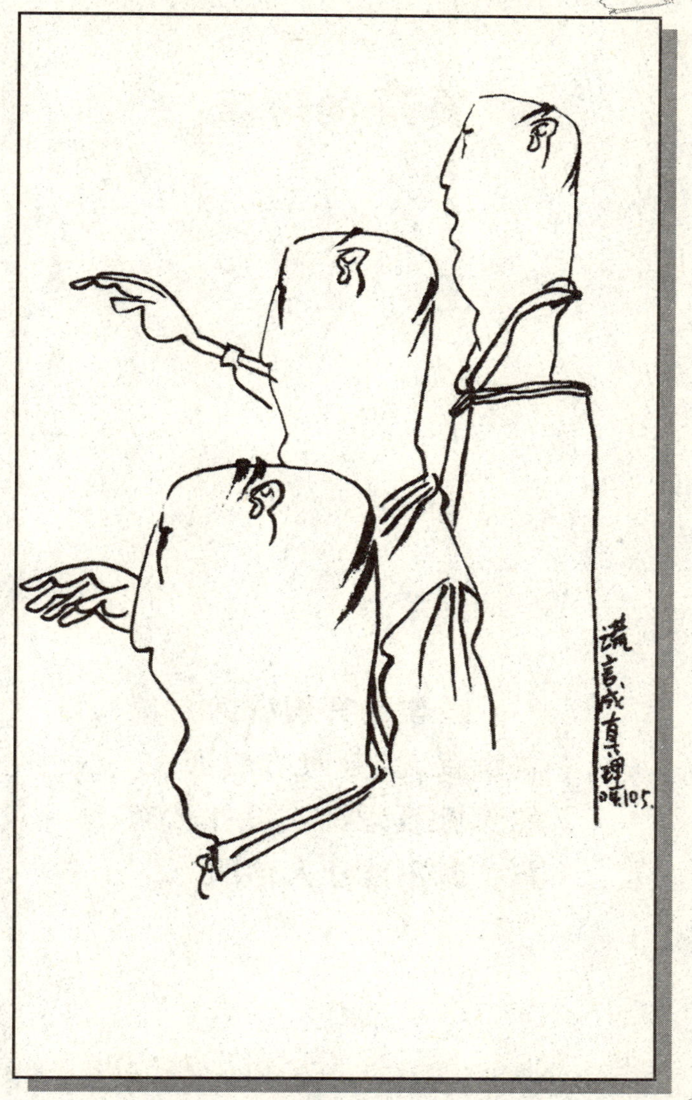
谎言成真理

真理的瑕疵

真理是有瑕疵的。掩饰瑕疵，拿真理去教训人，跟诋毁真理的人没什么两样，都不能让人信服。

真理
真理是有瑕疵的
掩饰瑕疵
拿真理去
教训人跟
没有真理的人
两样什么都不
能让人信服

真话与假话

讲真话不得好报，讲假话也不得好报，这真是冤枉了真话。那么讲真话得好报，讲假话也得好报，这是不是又太便宜了假话？

真话与假话
04.10

似是而非

话里有话，指桑骂槐。明知别人骂你，却又无把柄可抓，这就是似是而非的艺术。

话里有话·指桑
骂槐 08.10

历史是哈哈镜

人们常说：历史是一面镜子。而事实上，历史上发生的事情与今天发生的事情是不能重复的。所以，假如历史是一面镜子，也只是哈哈镜，你站在它面前，已经是一个完全异化的人了。

假如历史是一面镜子
也总是哈哈镜，你站
在它面前已经是一个
完全异化的分子
了

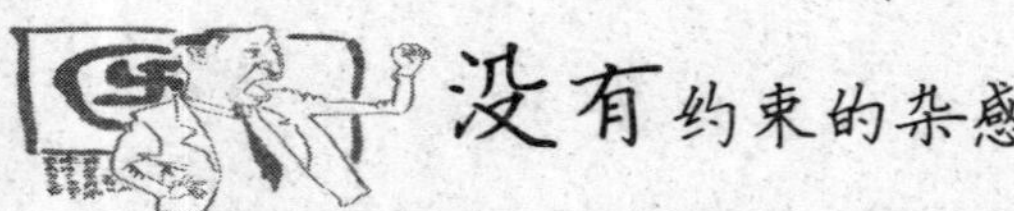

弄潮与嘲弄

在历史上“弄潮”的人，也往往被历史所嘲弄。

在历史上弄
潮的人，也往往
被历史所嘲弄
08.10

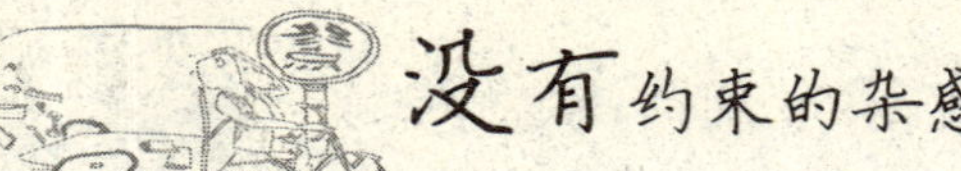

荒唐

荒唐有时是真的，有时是假的。真荒唐害己，假荒唐害人。

终点

软刀子

软刀子有三种妙用：一是杀人不见血，二是让你死得不知不觉，三是有时自己杀自己。

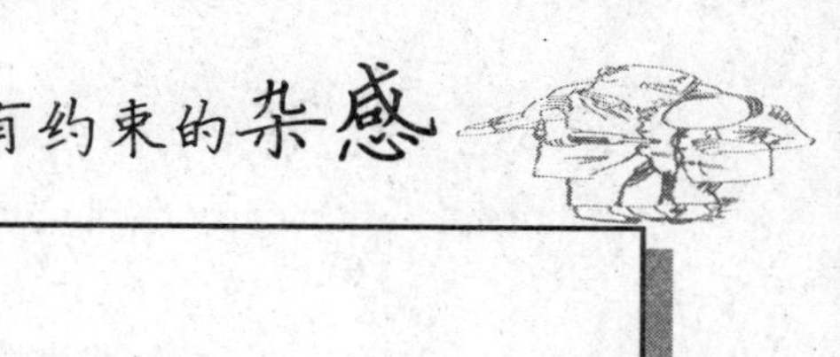

斗的哲学

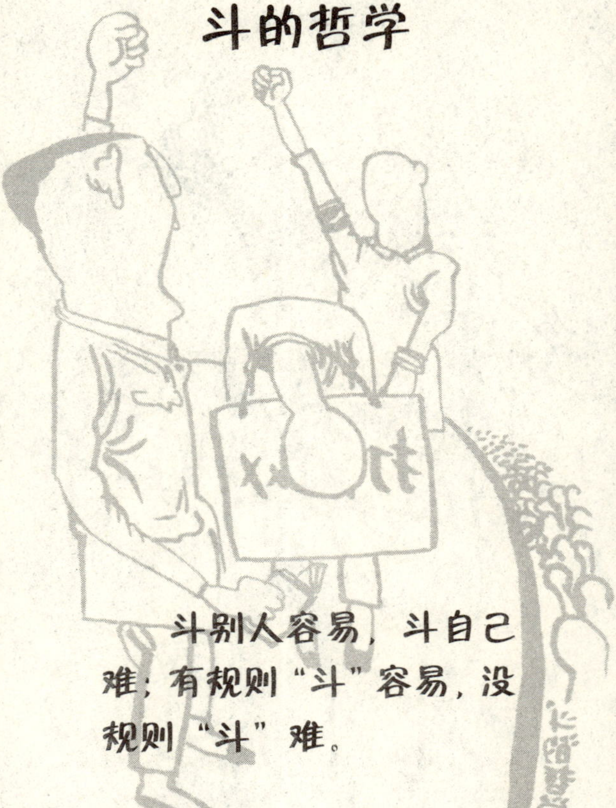

斗别人容易，斗自己难；有规则“斗”容易，没规则“斗”难。

教训

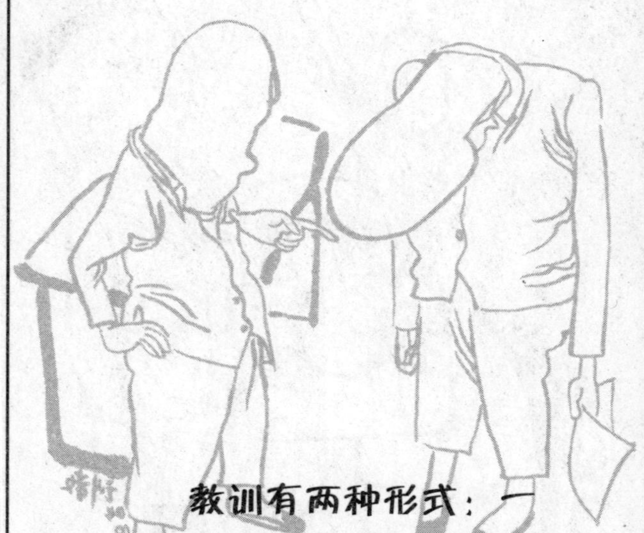

教训有两种形式：一是教训别人，二是被别人教训。教训别人者未必自己懂得比别人多，被别人教训也未必懂得比别人少。

把坏事当好事干

做好事难，做一辈子好事更难。当然更难的是一辈子把坏事当好事那样理直气壮地干，并让大多数人相信这坏事是好事。

把坏事当好事

品评文章

短文不短，长文不长，言外有言，是神品；不长不短，恰到好处，是妙品；该短不短，该长不长，是废品。

品评文章

读书的三种境界

读书读到自己一无所知是第一种境界，读到自己一知半解是第二种境界，读到自己心领神会是第三种境界。

读书读到自己一无所知是第一境界

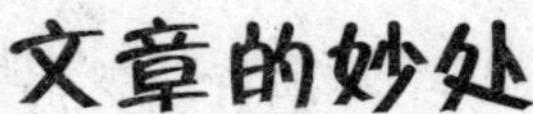

文章的妙处

文章的妙处是只可意会，不可言传；是让你体会到文字以外的东西，似乎作者想说又没说，但又让你感到他处处在说。

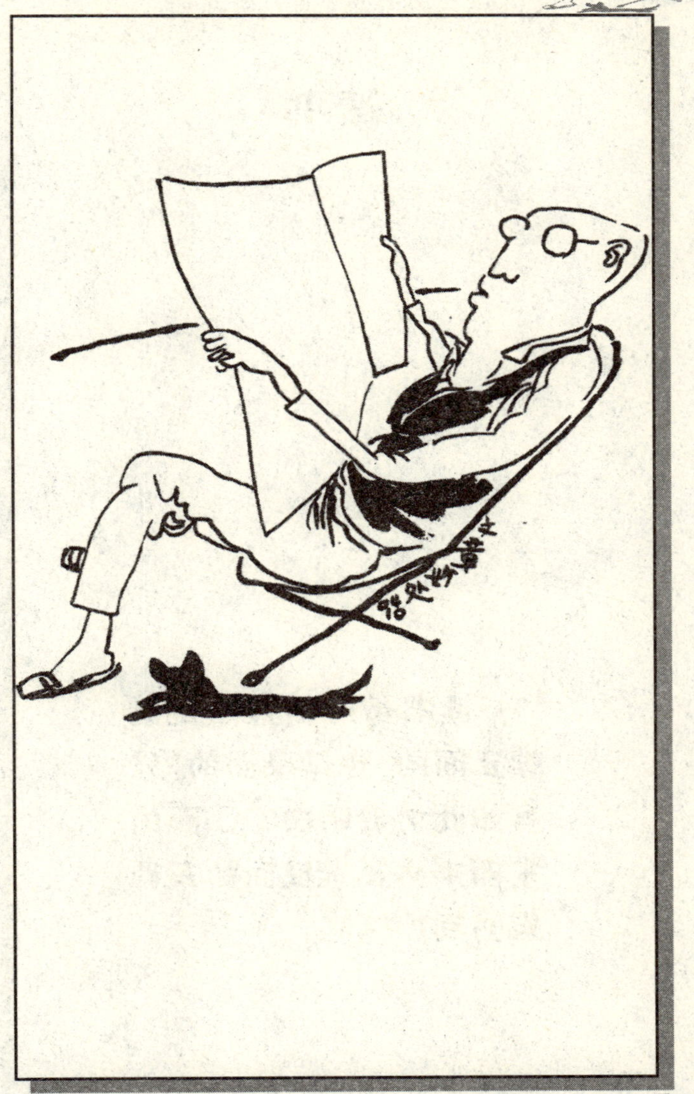

读书

读书最好的方法是既读正面的，也读反面的。只有如此才会明白，正面的东西未必正，反面的东西未必反。

药与书

药能救人，也能害人。古人说，书犹药也。以此推理，书能救人，亦能害人。

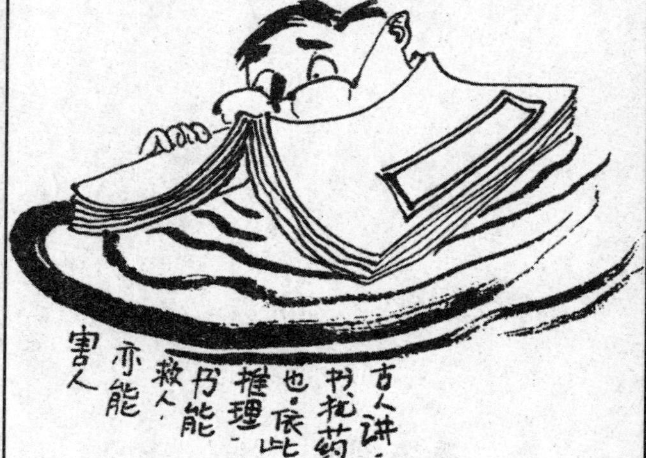

古人讲，书犹药也。依此推理，书能救人，亦能害人。

文明也在变

看不惯昨天的人，也常常被明天的人所抛弃。这不是人在变，而是所谓的文明在变。

有用与无用

有用的东西看似有用，其实也没用；无用的东西看似无用，其实也有用。文学即是如此。

的文学道路

读书的盲从与迷茫

不读书者尽信书是盲从，读书者不信书是迷茫。

08.11.7

泛迷是书信不书读

满纸荒唐言

“满纸荒唐言，一把辛酸泪”，是个人的历史，也是人类的历史；是野史，也是正史。

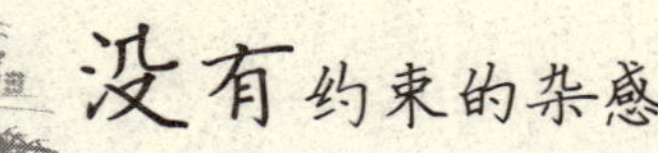

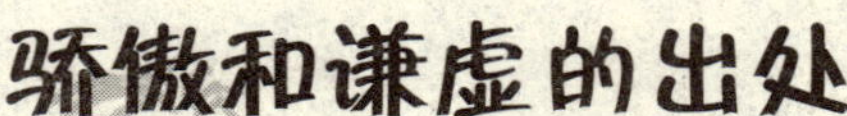

骄傲和谦虚的出处

知识越少，越觉得自己懂得多；知识越多，越觉得自己懂得少。骄傲和谦虚就是这样产生的。

骄傲和谦虚的出处

含蓄

在艺术上，简约代替繁琐是含蓄，含而不露更是含蓄；在做人上，笑里藏刀是含蓄，抓着你的把柄却不整你，让你死心塌地效劳更是含蓄。

在做人上：笑里藏刀
是含蓄 掐着你的把柄
却不整你·让你死心塌地
效劳 更是含蓄

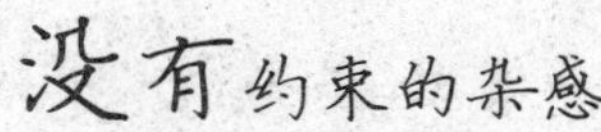

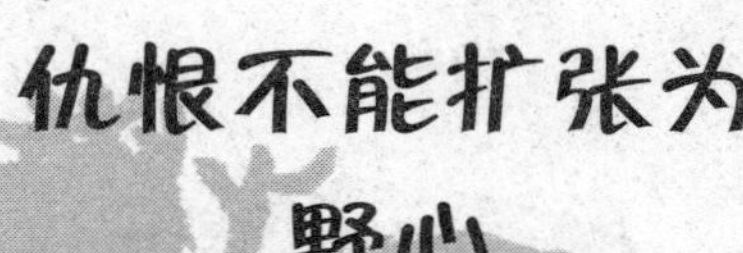

仇恨不能扩张为野心

凡是对社会怀有报复心态，都是负面的。仇恨一旦成为野心，最终不仅使别人不得安宁，自己也不得安宁。

仇恨不能扩张为野心

帮忙有时是添乱

有的人帮忙是添乱，即所谓帮倒忙。帮倒忙并非都是恶意的，有时一个人的热情和热心也会帮倒忙。

帮忙有时是添乱

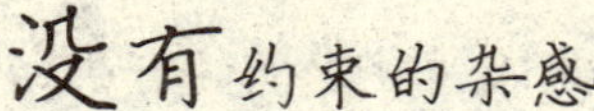

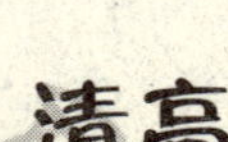

清高

在外人眼里，清高是一种作秀，是端着架子给别人看。在清高者眼里，清高是一种自信，是对庸俗的鄙视。

苦恼

有的人为自己的问题而苦恼，有的人为国家的兴衰而苦恼，有的人为了别人的苦恼而苦恼。

苦恼
04.10

错误的人生

人自生来就开始纠正自己的错误。父母帮助纠正，老师帮助纠正，书本帮助纠正，最终是自己纠正。长大成人，如果你写书，读者还帮助你纠正。死后，活着的人还缠着你纠正。

错误的人生

真理和谬误的循环

一旦认为自己的思想一贯正确，就离错误不远了。此消彼长，真理和谬误就是这样循环。

一旦认为自己的思想一贯是正确的就离错误不远了。04.8.

借别人的酒杯

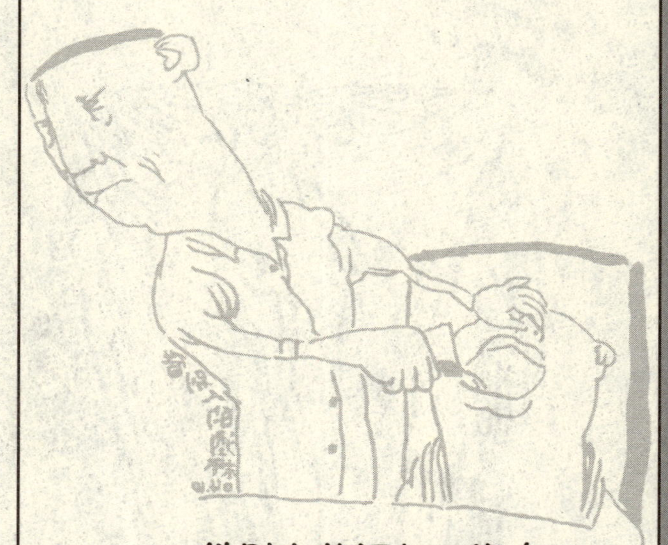

借别人的酒杯，浇自己的块垒并不难，难的是用自己的酒杯浇别人的块垒。

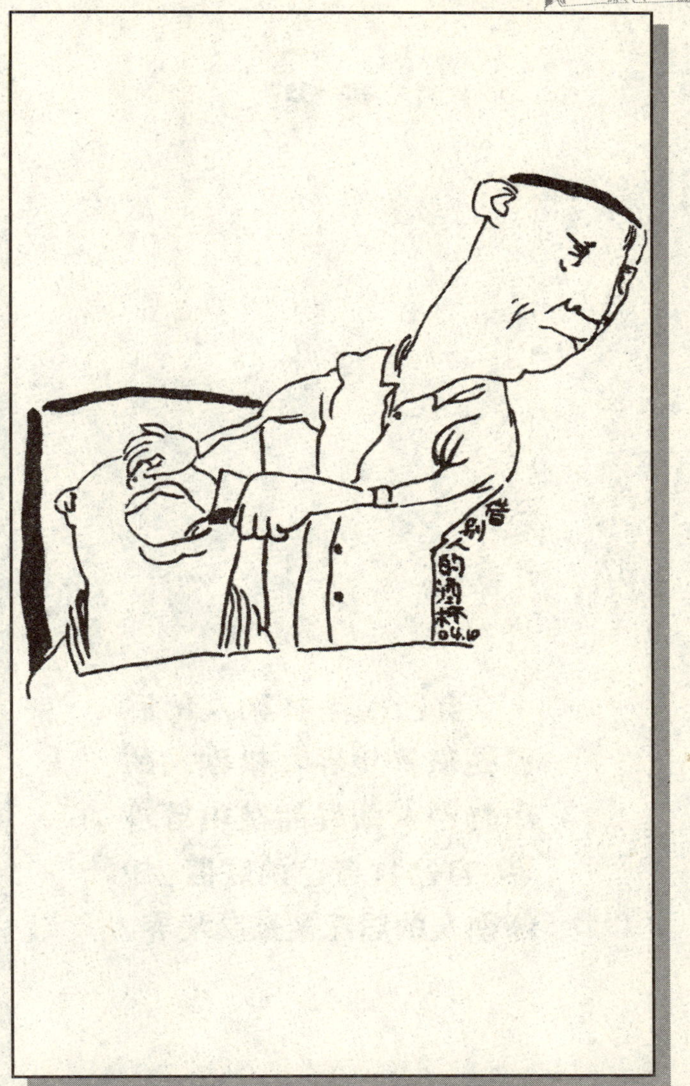
管别人的酒杯
04.10

境界

自己动手打别人的屁股是低等境界，借别人的手打别人的屁股是中等境界，自己打自己的屁股，却解别人的怨气是最高境界。

别人自己打的怨气是最高境界
自己的屁股，却解，打手，
2004
8.

恩赐痛苦

想得到的得不到是痛苦，不想得到的别人非要“恩赐”给你，同样是痛苦。

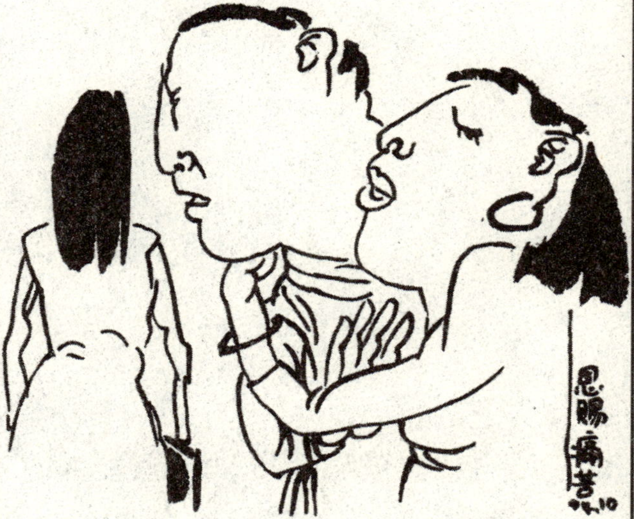

隐士

“大隐隐于市，小隐隐于朝。”这种对隐士的称赞，是对社会的莫大讽刺。

士隐

狭隘

狭隘是一种嫉妒，是把自己的缺点也看成优点，把别人的优点也看成缺点。

修炼了别人
埋葬了自己

对别人严格要求，对自己任意放纵，结果是别人得到了修炼，自己却做了阶下囚。

圈套

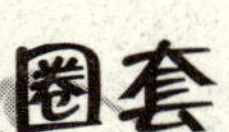

借别人的嘴说自己想说的话，满足自己的心愿，是挟天子以令诸侯式的圈套；别人说的正是自己想说的，别人干的正是自己想干的，别人劳动，自己摘果实，是草船借箭式的圈套。

04.10

人生的回忆

回忆自己的人生是一种享受，是在品味自己的同时，也在品味着他人。

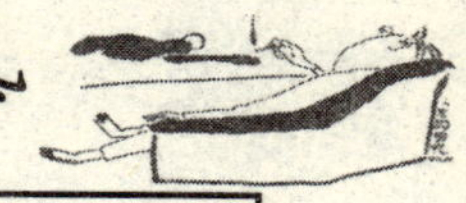

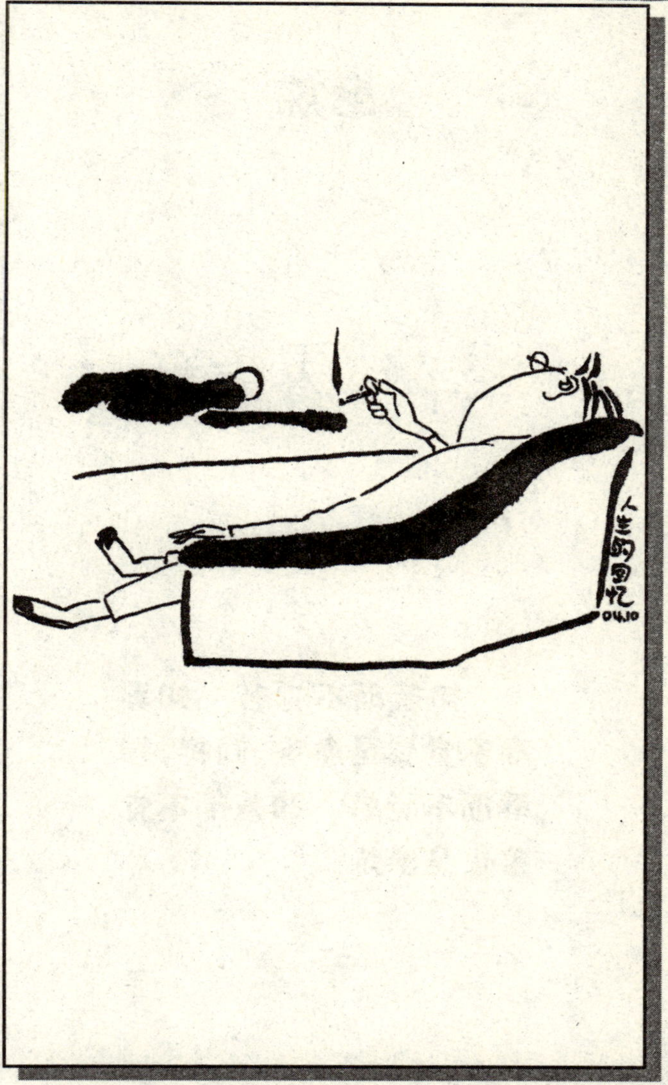

人生的回忆

04.10

知苦而不觉苦，知累而不觉累是磨炼。同样，知辱而不觉辱，知羞而不觉羞也是磨炼。

玩世不恭

玩世不恭不可怕，因为它多是看破红尘，怀才不遇。可怕的是恭敬玩世，阳奉阴违，欺世盗名。

放弃

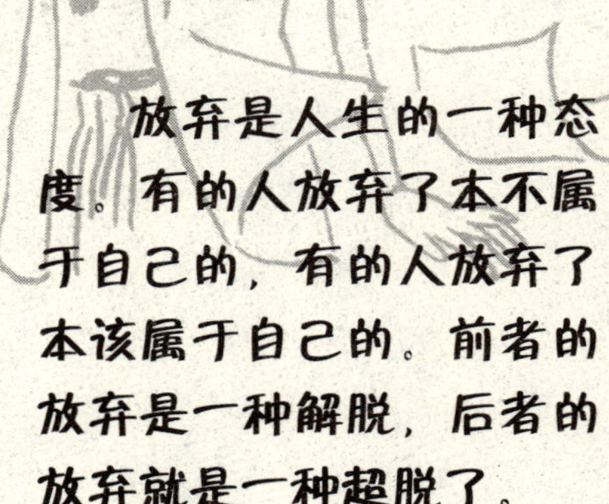

放弃是人生的一种态度。有的人放弃了本不属于自己的，有的人放弃了本该属于自己的。前者的放弃是一种解脱，后者的放弃就是一种超脱了。

放弃
04.10.16

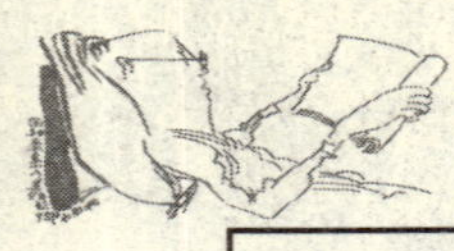

回忆录

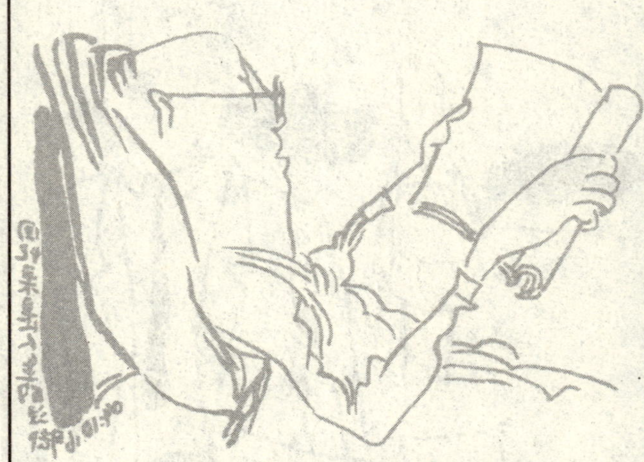

回忆录是人生的注脚。有的回忆录是写给今天的人看的，有的回忆录是写给明天的人看的。

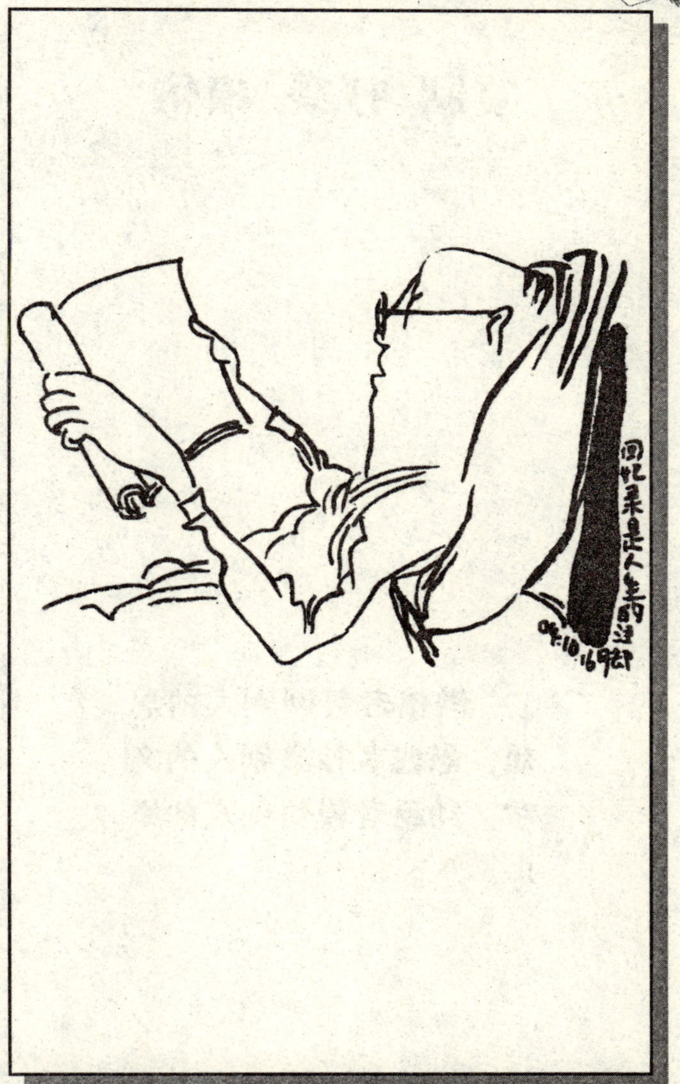

复制 抄袭 模仿

懒惰者复制别人的思想，愚蠢者抄袭别人的文字，幼稚者模仿别人的举止。

仿模

得意与失意

自己得意时的快乐，往往是想到了别人失意时的沮丧；自己失意时的苦恼，也往往是想到了别人得意时的幸福。

巨人与矮子

贬损有知识的人是思想的巨人、行动的矮子者，言外之意如是在褒奖行动是巨人、思想是矮子的无知者，那真是对人类极大的讽刺。

04.11.7.

平庸

有的人的平庸是不思进取造成的，有的人的平庸是本不想平庸，却人为地致使你不得不平庸。悲剧也是这样产生的。

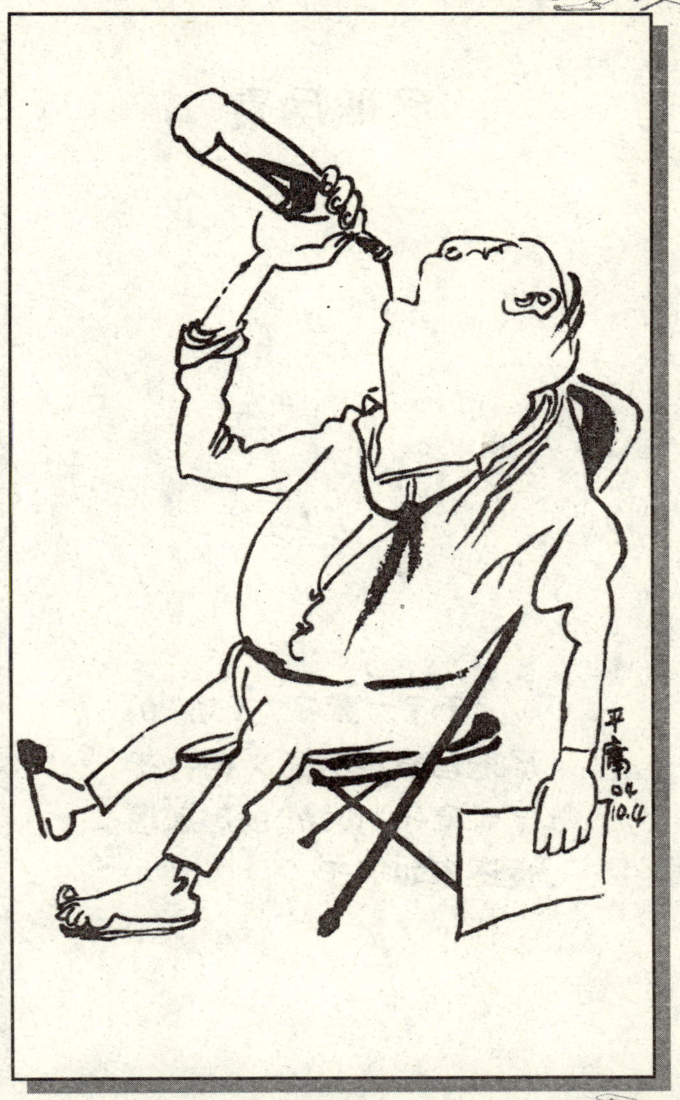
平庸
04
10.4

尽职尽责

干了一辈子“正功”的尽职尽责是有意义的，干了一辈子“负功”的尽职尽责还不如不干。

干了一辈子、觉
功的尽职尽责还不如不干

掩盖

能掩盖一时，不能掩盖一世，是无能者的掩盖。能者的掩盖，不仅能掩盖一世，还能掩盖二世、三世。

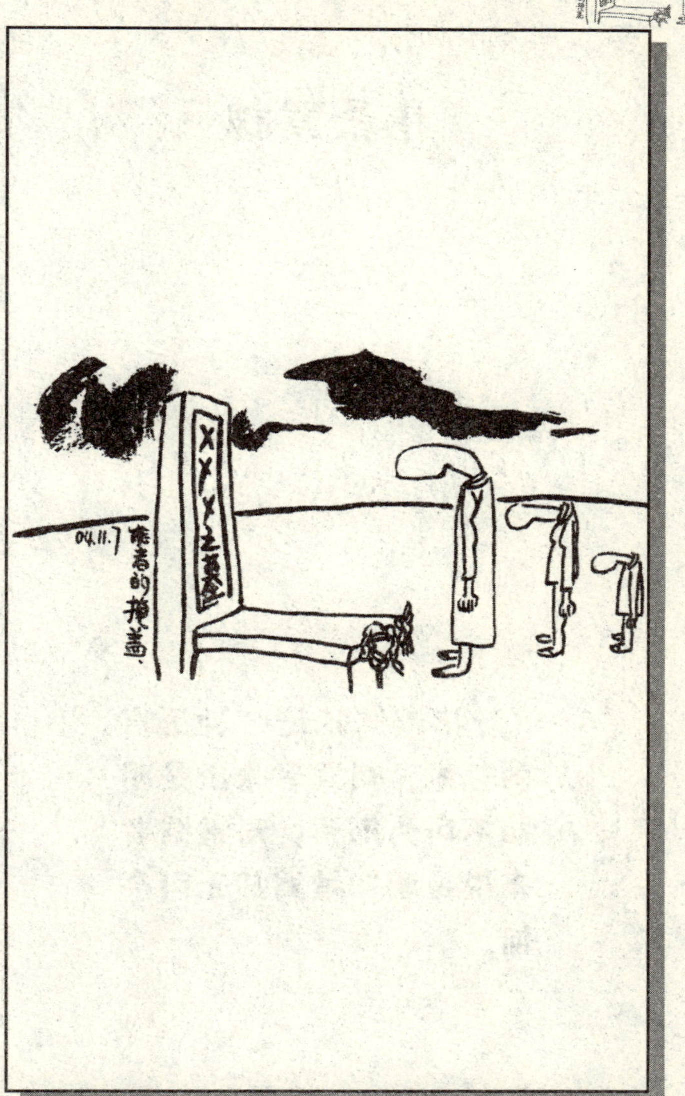
××××之墓
04.11.7
能者的掩盖

指桑骂槐

指桑骂槐是一种语言的艺术，对骂者来说是明知不可为而为，对被骂者来说是明知被骂却无可奈何。

指桑骂槐

干大事

什么时候社会上炫耀有本事能挣大钱、干大事，没本事也能挣大钱、干大事，那么这个社会就离不幸不远了。

平大事
04.10.6

守旧与创新

一味守旧的人是傲慢，一味创新的人是轻狂。

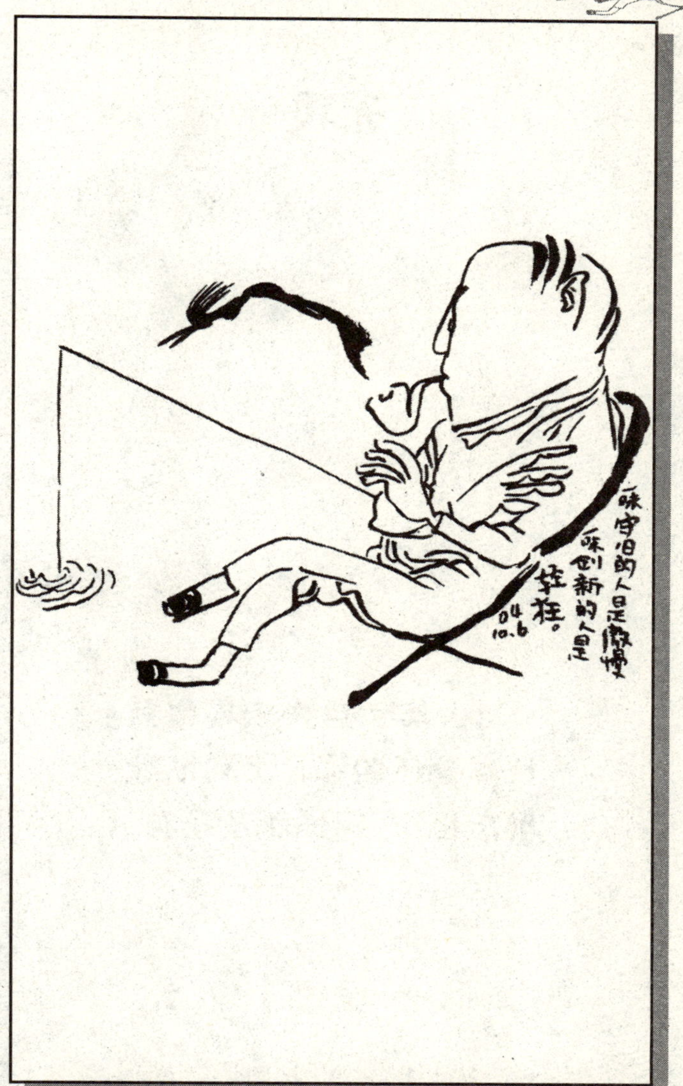
一味守旧的人是傲慢
一味创新的人是轻狂。
04
10.6

无畏

人类一旦失去畏惧就比猛兽还凶猛。上可以数典忘祖，下可以祸及子孙。

人类一旦失去畏
惧就比野兽
04.10.6

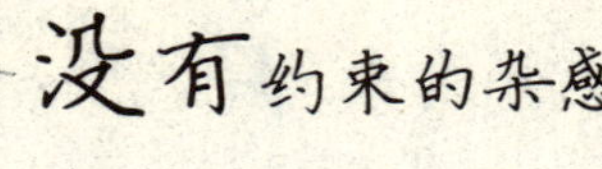

俗气

本该为大家的利益着想，却总为自己着想，是俗；约定俗成，一成不变，是俗；本不雅气，却装雅，也是俗。

本该为大家
的利益着
想、却总
为自
己着
俗是想、
04 10 6

人间悲剧

为真理而死的人有时并不被人们所理解，甚至还有可能被人们所嘲弄、诅咒。冤死的灵魂是真正的人间悲剧。

人间悲剧

忠诚

对好人忠诚是锦上添花，对坏人忠诚是助纣为虐。

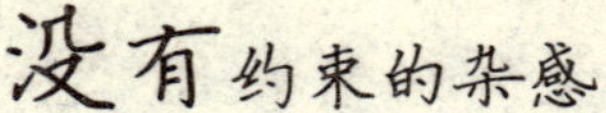

自己给自己挖陷阱

自己被自己的主张所打倒，自己被自己的欲望所吞噬。本来给别人挖的陷阱，自己却掉了进去，这是历史上常发生的事情。

给自己挖陷阱

难言之隐

如果有谁鼓吹自己是光明磊落的，那么他很可能会有不磊落的一面。因为，难言之隐，人人有之。

脚印

你每天踩着别人的脚印走，别人也踩着你的脚印走，脚印是没有专利的。要想让自己的脚印别人踩不着，只有独自到渺无人烟的地方，虽然那里很荒凉、很寂寞，但是却留下了自己的足迹。

你总要踩着别人的脚印走
别人也踩着你的脚印
走，脚印是没有
专利的

人有四类

人有四类。一类是做自己该做的事，说自己该说的话；二类是做自己该做的事，说自己不该说的话；三类是做自己不该做的事，说自己不该说的话；四类是做自己不该做的事，说自己该说的话。

三八只是做自己不该做的事说自己不该说的话
咪咪

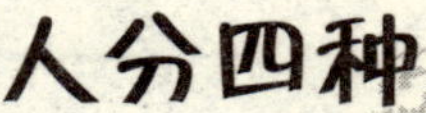

人分四种

人分四种。第一种是生活平民化，精神贵族化；第二种是生活贵族化，精神平民化；第三种是生活贵族化，精神贵族化；第四种是生活平民化，精神平民化。

生活平民化精神贵族化
生活贵族化精神贵族化
生活平民化精神平民化
生活贵族化精神平民化

人生的劫难

佛家讲人有四大劫难：生、老、病、死。依我看还有贫困和痛苦。贫困是物质的，痛苦是精神的。这也是压在人身上的两座大山。

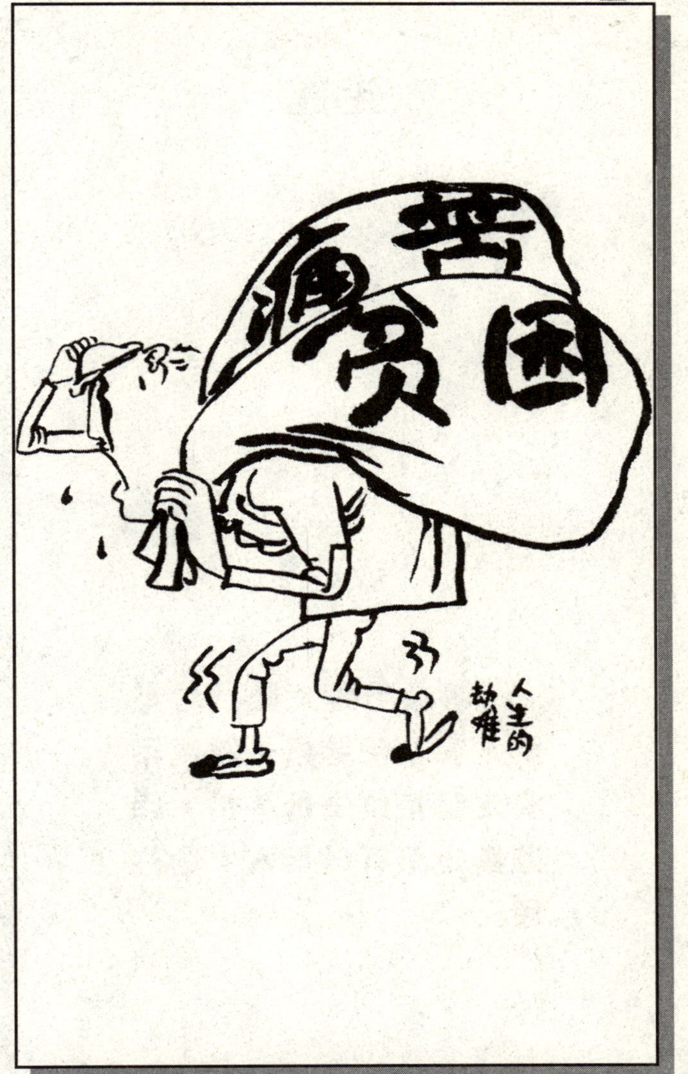
痛苦
贫困
人生的劫难

走路

常人用脚走路，智慧的人喜欢用脑袋走路。用脚走路是终生的事情，用脑袋走路有时是人生的片段。

黑白道德

有些道德条文是变色龙，三十年前是黑，三十年后可能就是白。

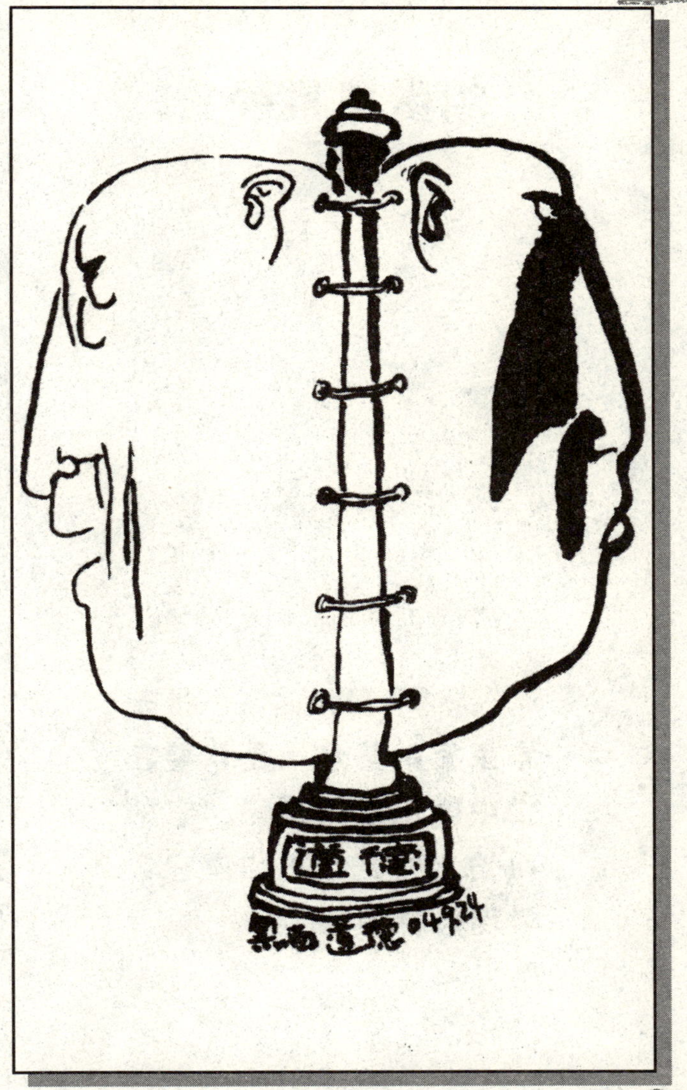
道德
两面道德 04.9.24

鸡蛋里挑骨头

“鸡蛋里挑骨头”是无中生有的艺术，是非要在白中挑出黑的逻辑。它的可怕之处是你不知道它会挑出怎样的黑。

鸡蛋里挑骨头
04.9.20

借刀杀人

借别人的文章讲自己的观点，用别人的嘴说自己的意见，拿别人的棍子打自己的敌人。

借别人的文章讲自己的观点，用别人的嘴说自己的意见。

共识

共识是好事也是坏事。历史上许多“闹剧”都是在大家的共识中走进了陷阱。

共识
04.9.18

良知与卑鄙

明知是错误的却不敢指责，是良知者的痛苦；明知是错误的却阿谀奉承，是卑鄙者的卑鄙。

明知错误的却阿谀奉承，是卑鄙者的卑鄙

下篇 生活的感悟

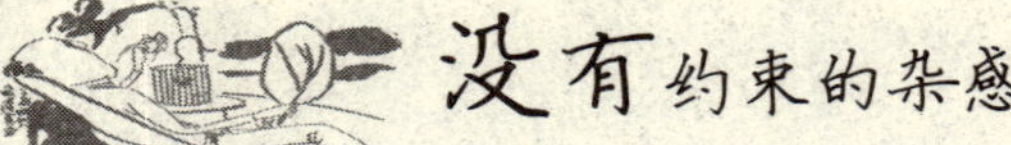

人生的真实与虚伪

有的人随着自己的意愿真实地生活，享受到的是人生的乐趣；有的人违背自己的意愿虚伪地生活，体会到的是人生的苦恼。

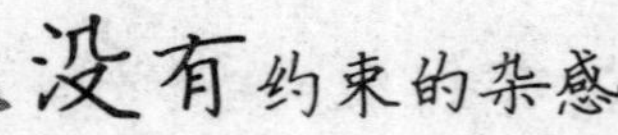

标榜

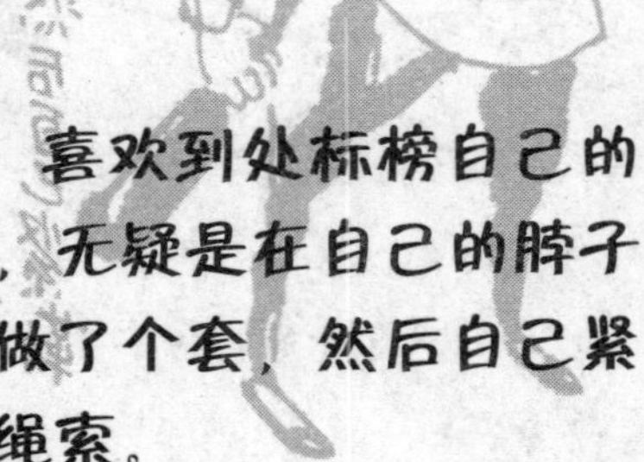

喜欢到处标榜自己的人，无疑是在自己的脖子上做了个套，然后自己紧勒绳索。

喜欢到处标榜自己的人
无疑是在自己的脖
子上做了个套
然后自己紧勒

高明的贪

贪就是把本不属于自己的据为己有。有的人贪财，有的人贪色，还有的人贪功。最高明的贪莫过于把本不属于自己的从不据为己有，但是自己却可以随时拈来享用。

最高
明的贪
是把来
属于自己
的从不据
为己有
但是自己
可以随时
取来享用

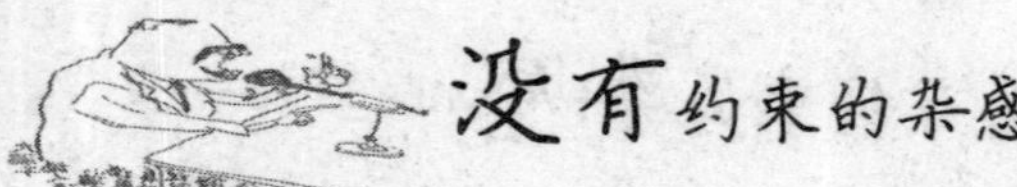

真假骗子

大骗子说人话，小骗子说鬼话，真骗子说假话，假骗子说真话。

大骗子
说人话
小骗子
说鬼话
真骗子
说假话
假骗子
说真话

造假与打假

有形的假好造也好打，

无形的假不好造也不好打。

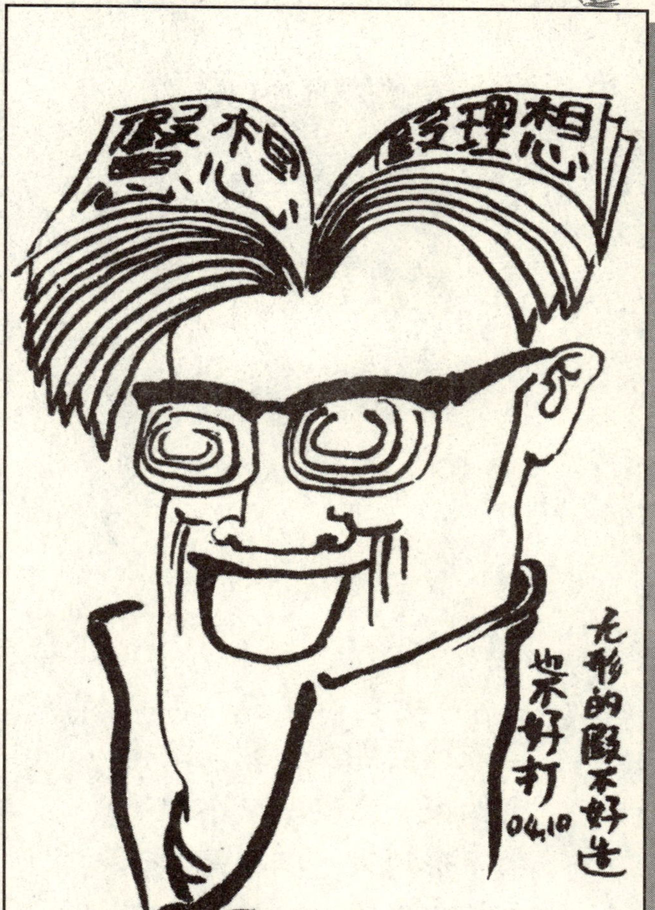

无形的醫不好告
也不好打
04.10

无形的约束

人的言谈举止甚至于思想或受朋友、家人的无形约束，或受某个小圈子的无形约束，结果是本该说的不说了，本该写的不写了。

无形的约束

规矩

规矩的本意是不该干的不干，不该说的不说。可往往给别人定规矩的人自己不守规矩，结果是成也规矩，败也规矩。

被告
可往往给别人定规矩的人
自己不守规矩．专干不该干的．专说不该说的

惟我独尊

惟我独尊的人看上去很自信，实际上是色厉内荏，最觉得自己不安全。因为他知道，人们一旦对他失去尊重，他就离倒霉不远了。

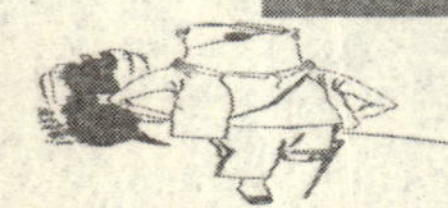

惟我獨尊

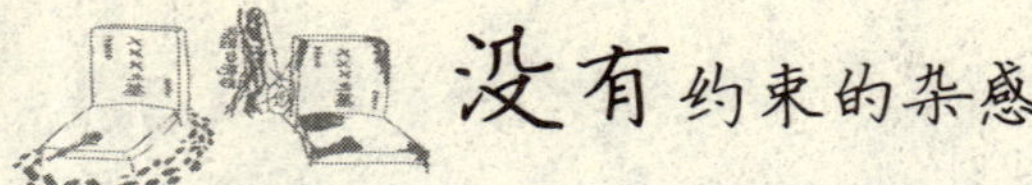

生前与死后

有的人生前热闹，死后寂寞，这是小热闹；有的人生前寂寞，死后热闹，这是大热闹。

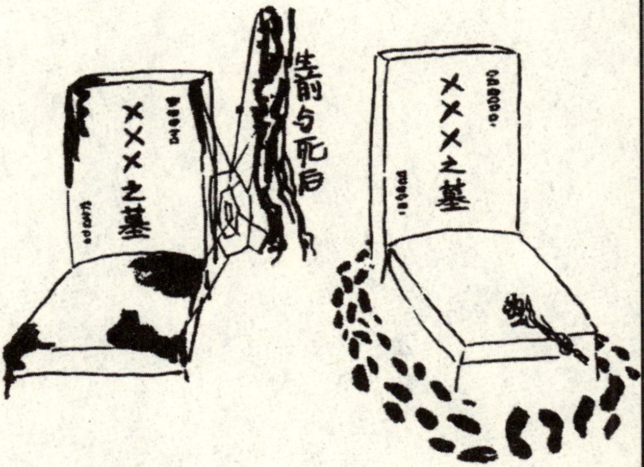

恨的联想

恨的联想是可怕的。恨自己没钱，一定是别人有钱；恨自己的老婆不贤慧，一定是看上了别人的老婆；恨自己的孩子没出息，一定是别人的孩子有出息。

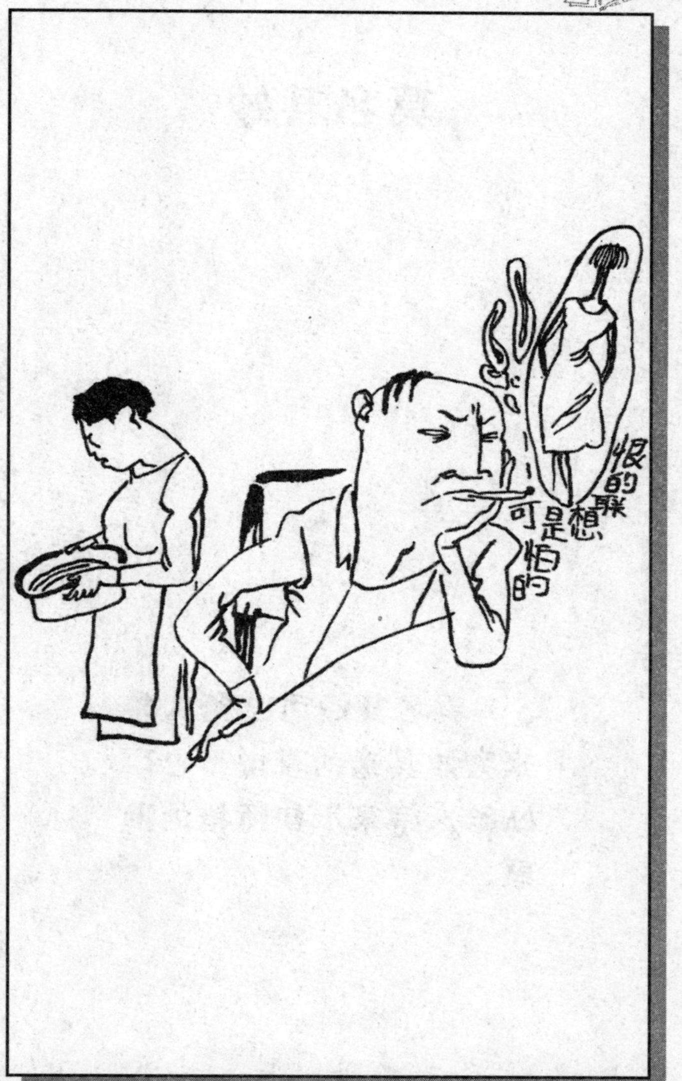
很的联
可是想、
怕的

莫名其妙

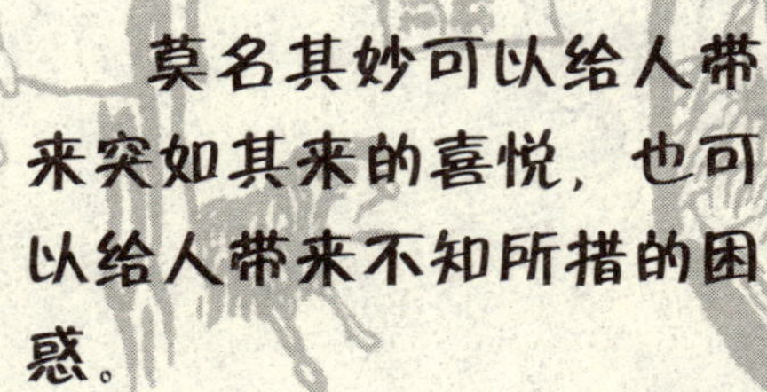

莫名其妙可以给人带来突如其来的喜悦，也可以给人带来不知所措的困惑。

历史的教训

历史的教训是活人算死人的账，明天的人算今天的人的账。

自己是自己的对立面

杀富济贫者，一旦自己做了皇帝，就把刀架在自己昨天的脖子上。得到的东西就不愿放弃与施舍，这也是人的本性。

杀富济贫者一旦自己坐了皇帝就把刀架在自己昨天的脖子上。

嘲弄自己

嘲弄自己的人表面上谦虚，其实骨子里自视清高。说自己是傻冒，用意为别人是大傻冒；说自己没心没肺，用意为别人更是没心没肺。这种正话反说，用自己的短处把别人的长处贬得一无是处，不能不称其为说话的艺术。

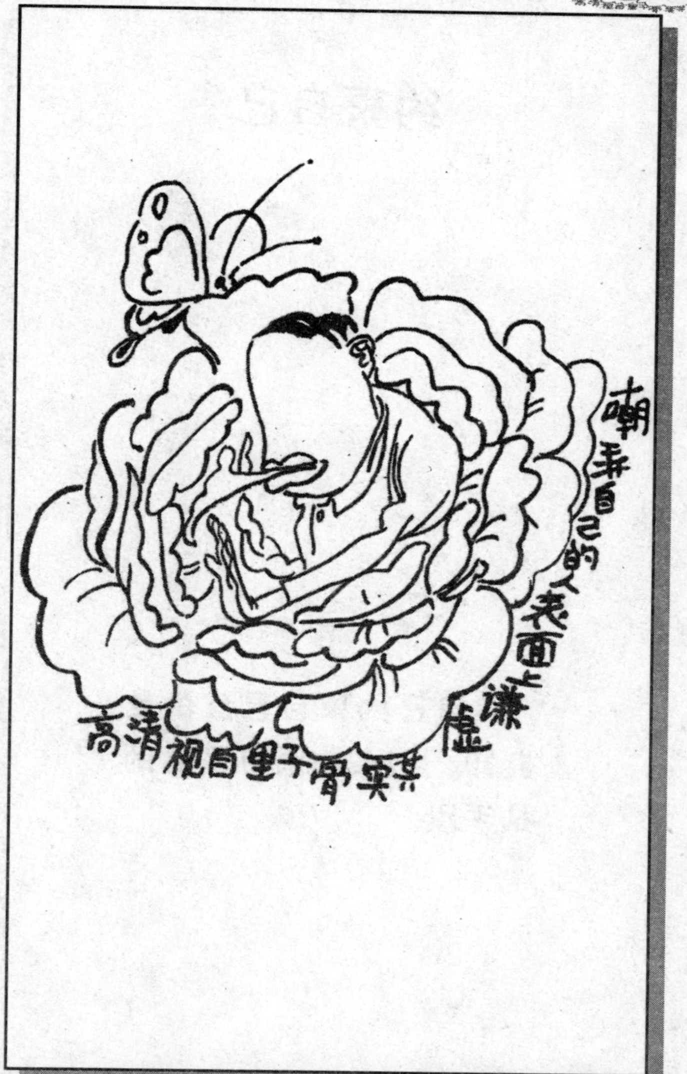
嘲弄自己的人表面上谦虚
其实骨子里自视清高

约束自己

自己约束自己靠的是良知，别人约束自己靠的是手段。

自己约束
自己靠
的是良知
04.11.7

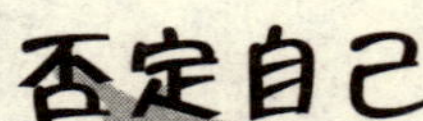

否定自己

一个人敢于否定自己是最大的勇气，同时也是最大的困惑。

一个人敢于
否定自己
是需最大的
勇气的

隐藏自己

把行为的真实和思想的真实隐藏起来，是中国人的习惯。不过，有的人隐藏起来是有不可告人的目的，有的人隐藏起来是自作多情。

把行为的真实和思想的真实隐藏起来，是中国人的习惯
04.10

迷信自己

人都是迷信自己的。迷信自己掌握着真理，迷信自己的判断和决策都是正确的。所以迷信自己容易，否定自己很难。

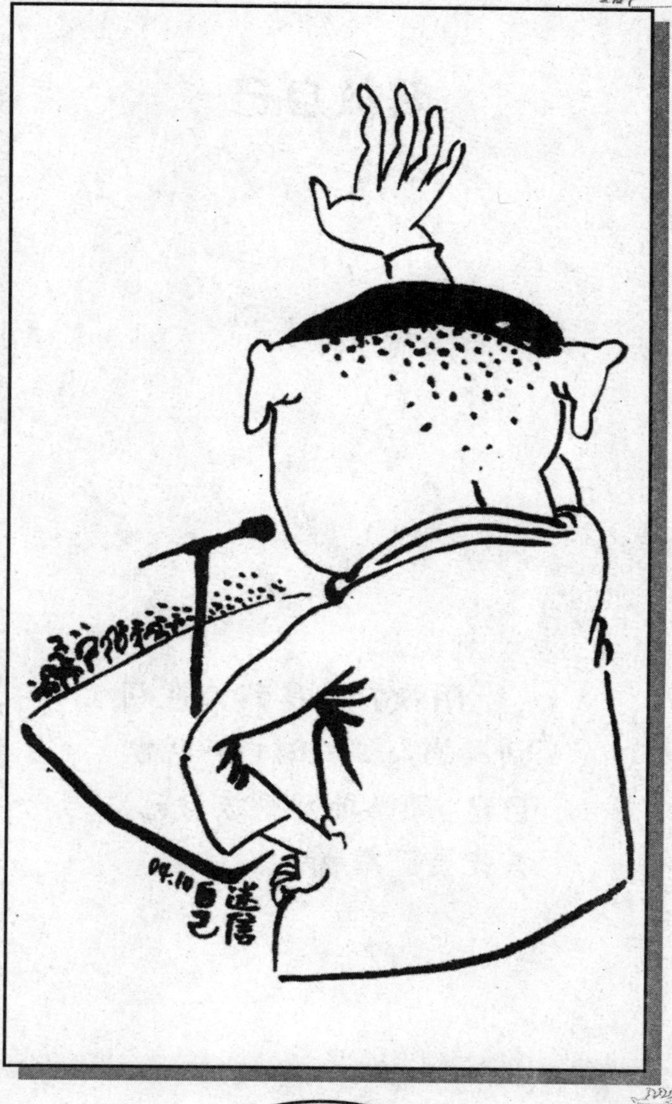

解放自己

用权力或是武力控制别人的人，同时也在控制自己。所以要想解放自己，首先要解放别人。

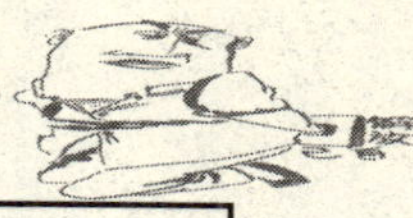

解放自己

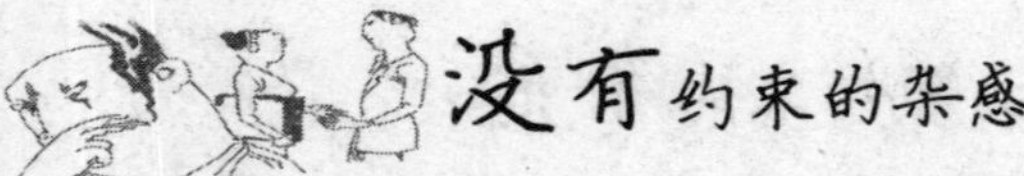

怀疑别人

动辄就怀疑别人不轨的人，一定是天天想着别人的坏处，而看不到别人的优点。

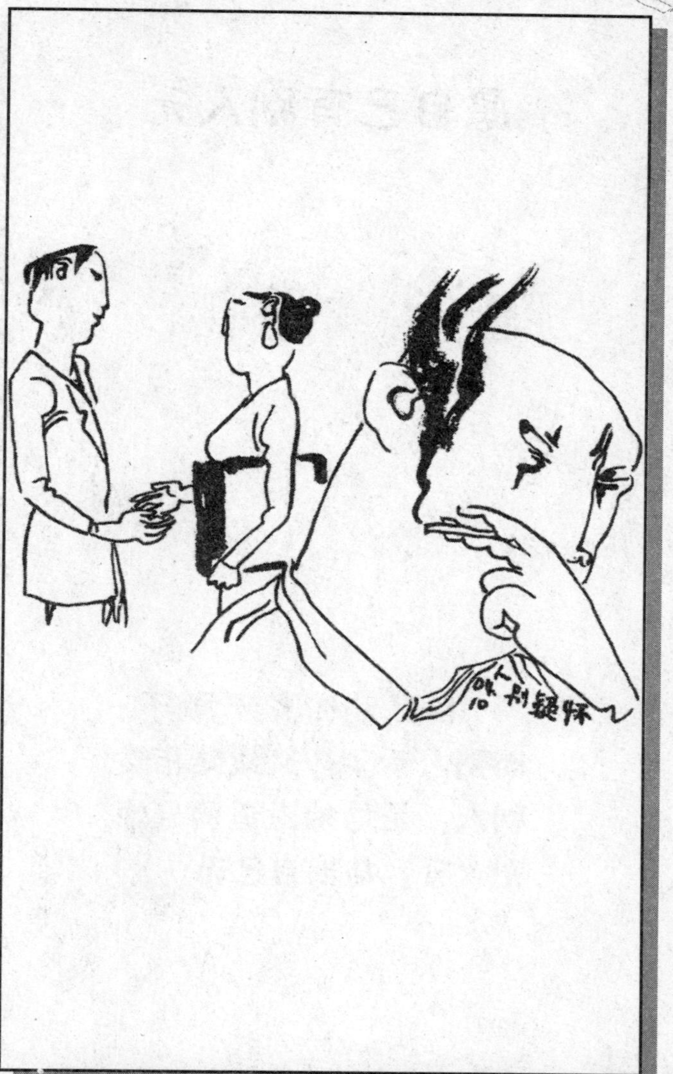
别疑怀

愿自己有别人无

自己想干的不敢干，而别人干了却又处处指责别人，是地地道道的只恨别人有，却恨自己无。

愿自己有别人无
04.10

有的人

有的人冲着权说话，有的人冲着钱说话，有的人冲着人说话。

有的人冲着权说话、有的人冲着钱说话有的人冲着人说话

高姿态

本是自己该得的利益不得，人称这是高姿态。高姿态本没有什么不好，但是一旦普及化，人人都高姿态，那就一定是假崇高在作祟，真虚伪复活了。

高姿态

进取心

有条件要上，没有条件也要上；该挣的钱要挣，不该挣的钱也要挣；有能耐的要当官，没能耐的也要当官。这就是某些人的进取心。

100
$100

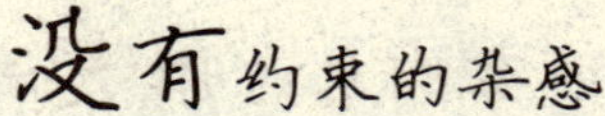

一句值千金

凡人讲话无论是真理还是谬误对社会没有多大的危害。摇身成为名人就不同了，他讲的谬误也可能成为真理。社会的混乱多与此有关。

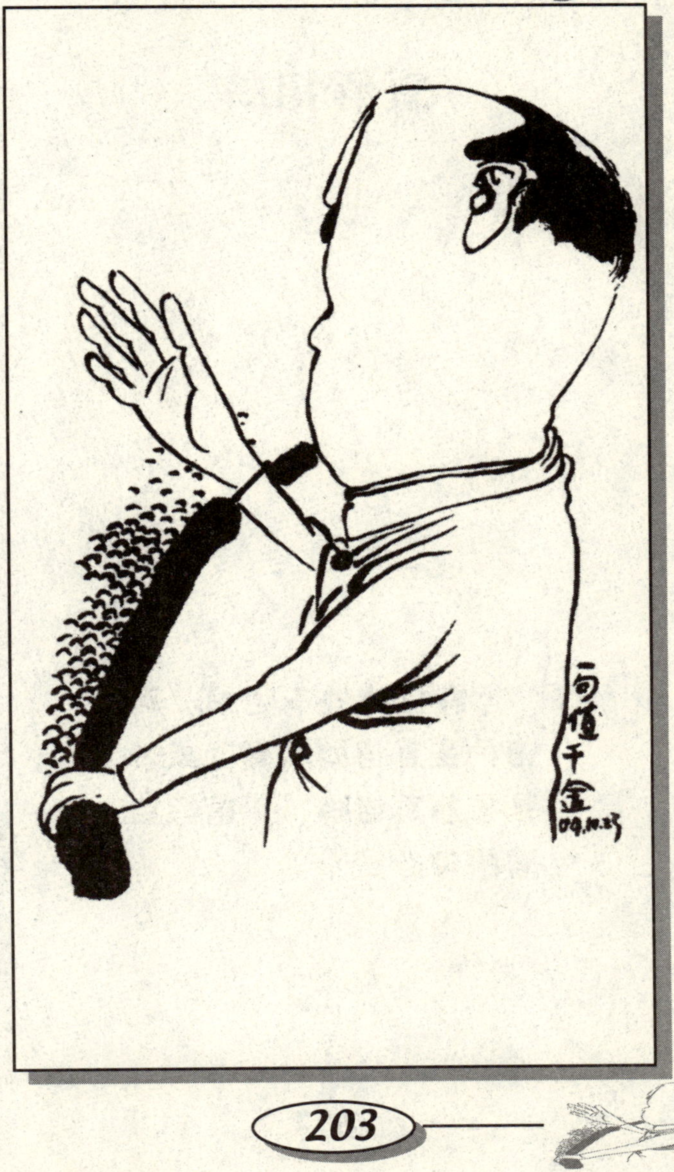

一句值千金
09.10.25

真假招牌

假招牌并不可怕，可怕的是真招牌不真，或者是挂着真招牌，干着假招牌的勾当。

永久和平

真假招牌

04.10.3

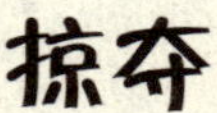

掠夺

在被掠夺者眼里掠夺者是强盗，在掠夺者眼里掠夺者自己是英雄。

报复

报复是找后账，是对从前受到的打击和压抑的一种宣泄。报复的形式有两种，一种是无权无钱者的报复，那就是舍上老命拼了，埋葬别人的同时，也埋葬了自己；一种是有权有势者的报复，埋葬了别人，自己却活着，甚至还给自己的脸上贴上“仁慈”二字。

慈
打击报复

骗子

骗子有大小之分。小骗子是街头上的混混儿，骗别人的钱为自己的钱；大骗子是职场上的贪官，视公家的钱如自己的钱。

大骗子是泉场上混
的视公家的钱如
自己的钱

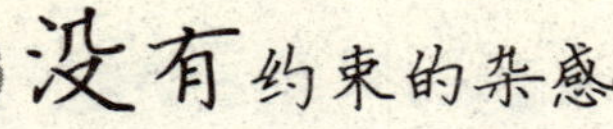

善良与伟大

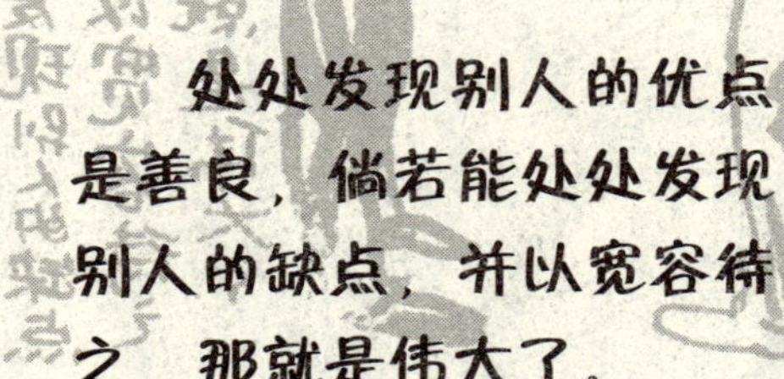

处处发现别人的优点是善良，倘若能处处发现别人的缺点，并以宽容待之，那就是伟大了。

倘若要是能
处处发现别人的缺点
并能以宽容待之
那就是伟大了

称王称霸

称王与称霸是联系在一起的。称王的目的不仅是想霸占财权，更想拥有的是生杀权，也就是把刀架在别人的脖子上，自己求得安稳。

称王称霸

无中生有

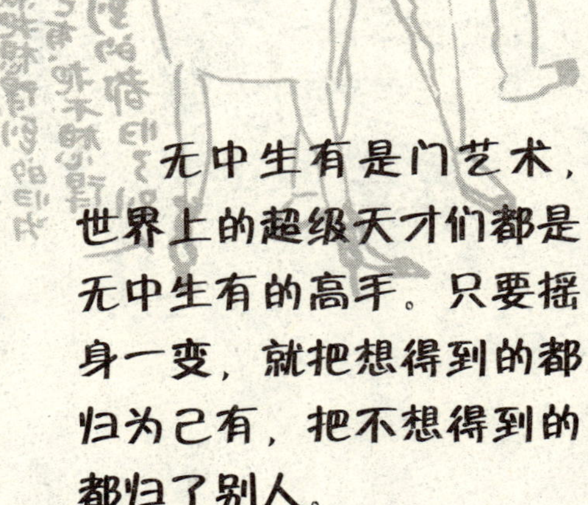

无中生有是门艺术，世界上的超级天才们都是无中生有的高手。只要摇身一变，就把想得到的都归为己有，把不想得到的都归了别人。

麻烦
只要摇身一变
就把想得到的归为
已有，把不想得
到的都归了别人

经历是双刃剑

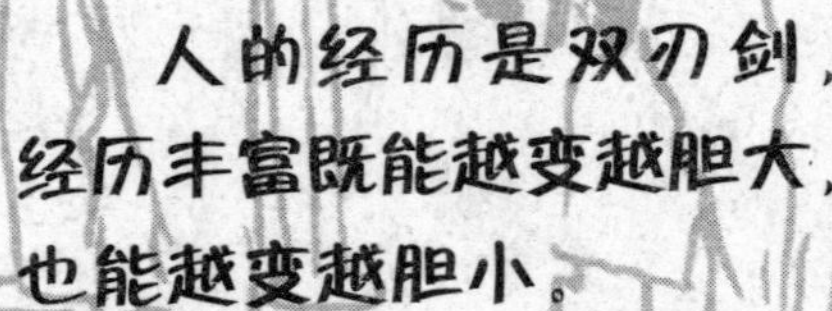

人的经历是双刃剑，经历丰富既能越变越胆大，也能越变越胆小。

旁观者

常言“旁观者清”，其实要分对象。对象是个傻子，当然是旁观者清，对象如果比旁观者聪明好几倍，旁观者就要糊涂了。

旁观者

教训与惩罚

教训是一种惩罚。只会教训和惩罚别人的人并不高明，高明的人是自己教训自己，自己惩罚自己。

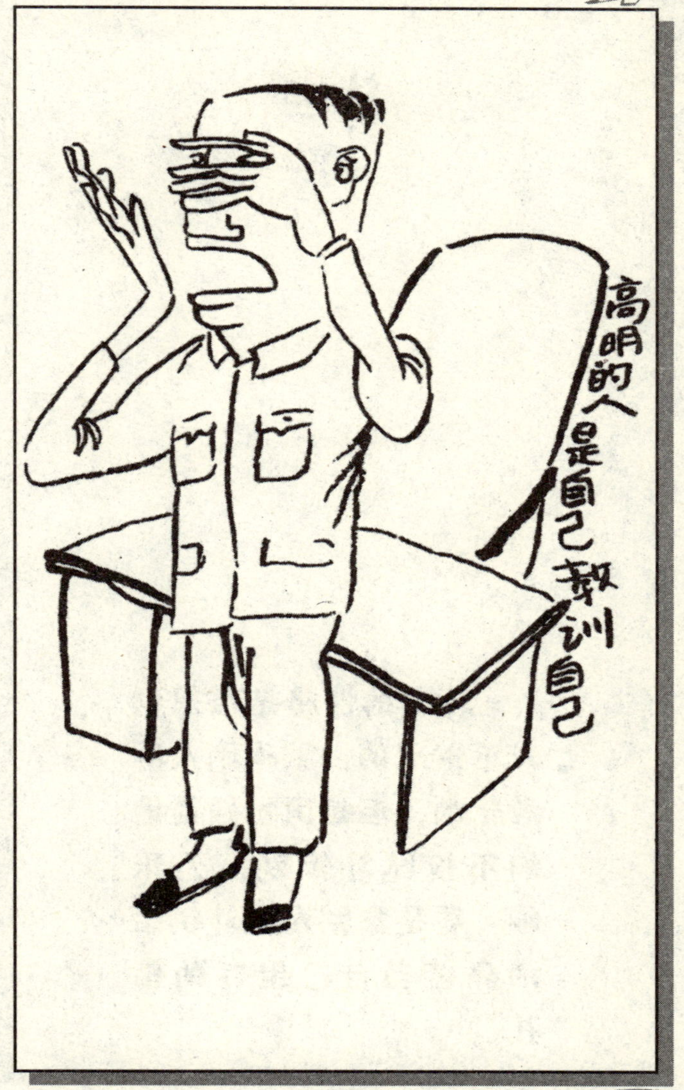
高明的人是自己教训自己

斗士

斗士的性格是敢想别人不敢想的，敢干别人不敢干的。但是可怕的是他们不仅以斗倒别人为乐趣，更是拿别人被斗倒后的痛苦当自己出气的鼻孔。

但是可
怕的是
他们不
单以斗
倒别人
为乐
趣拿
别人的痛
苦当自己出
气的鼻孔

废话

废话是针对“正话”而言的。有的人总是谦虚地说自己讲的是废话，其实讲的倒是“正话”；有的人喜欢在大众面前摆着威风讲“正话”，倒是废话连篇。

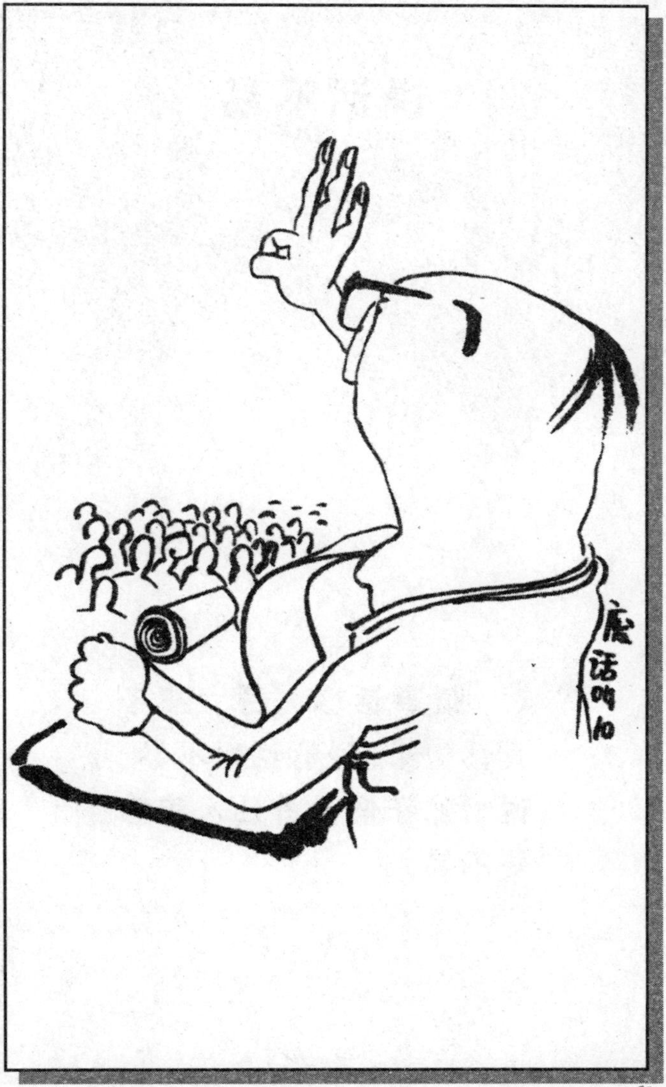

说话不易

说真话难，说一辈子真话更难；说假话也不易，说一辈子假话并让人相信更不易。

说假话虽不易·说一辈子假话并让人相信更不易

04.10

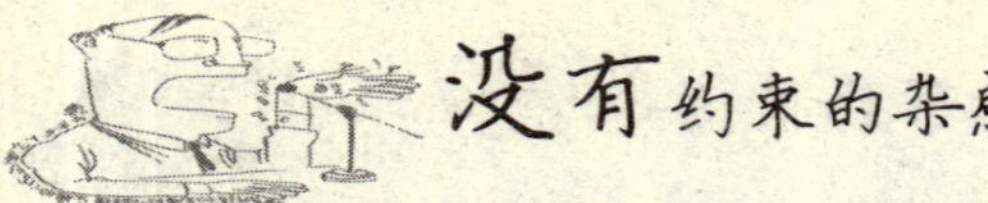

说话的盲区

懂的人不说，说的人不懂；懂的人说的不懂的人听不懂，不懂的人说的懂的人也未必懂。

懂的人说的不懂的人听不懂、不懂的人说的懂的人也未必懂

自私的位置

心怀自私和少数人的利益并非大错，不过应当把它放在适当的位置。

心怀自私和少数人的利益
并非错事，不过应当把
它放在适当的
位置

失落

失落表面上是被友谊、金钱或权力所抛弃，实际上是人生失去了方向。

失落
表面上是
被友谊·金
钱或权力所抛
弃，实际上是
人生失去了方
向

节欲

中国人在长寿方面很讲究节欲，但是自古以来却有很多人在某些欲望方面一点儿都不节制，这是不是也有损健康呢？

顺势而为

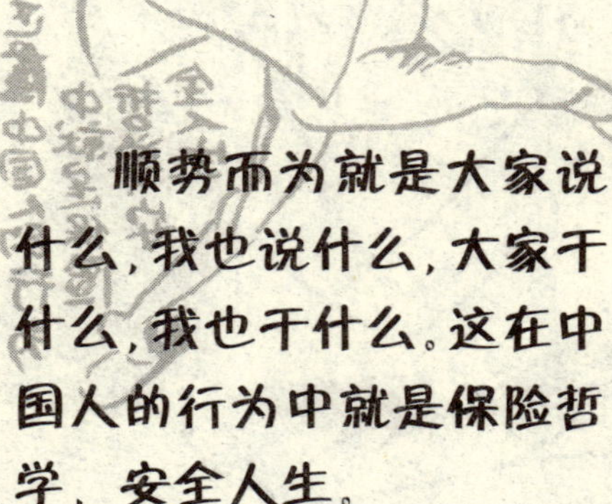

顺势而为就是大家说什么，我也说什么，大家干什么，我也干什么。这在中国人的行为中就是保险哲学，安全人生。

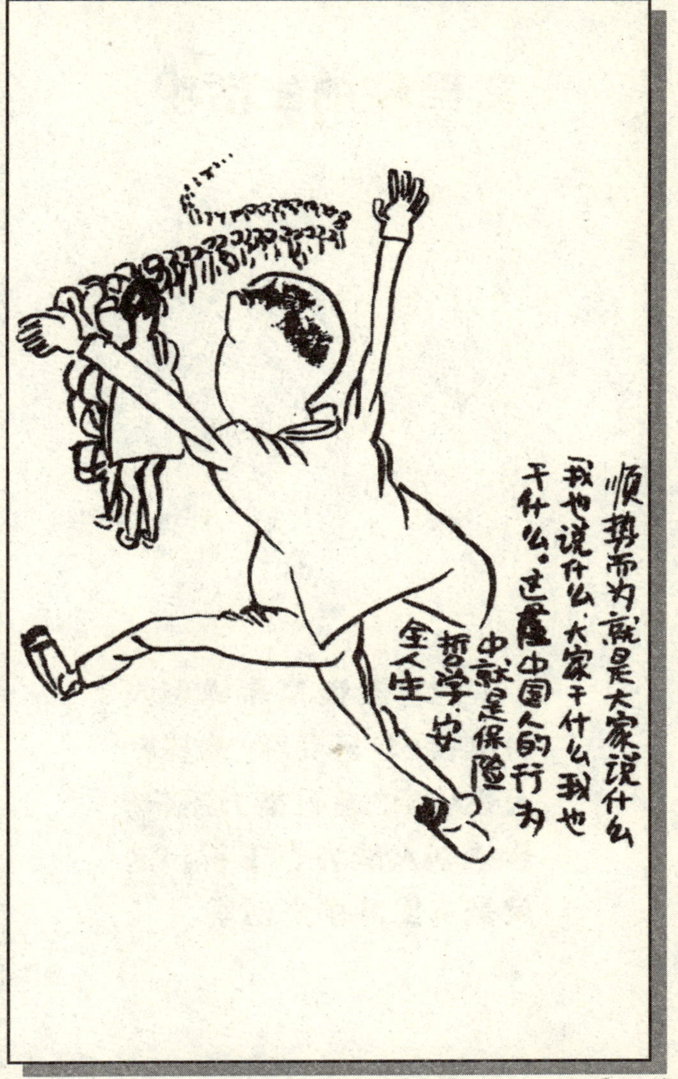
顺势而为就是大家说什么
我也说什么，大家干什么我也
干什么。这在中国人的行为
中就是保险
哲学，安
全人生

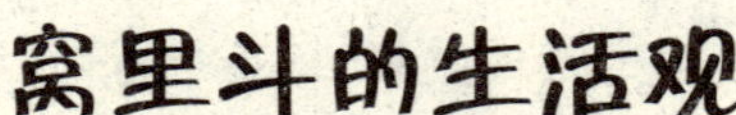

窝里斗的生活观

自己没钱，希望别人也没钱；自己受穷，希望别人也受穷；自己能力不行，希望别人能力也不行。这就是窝里斗的生活观。

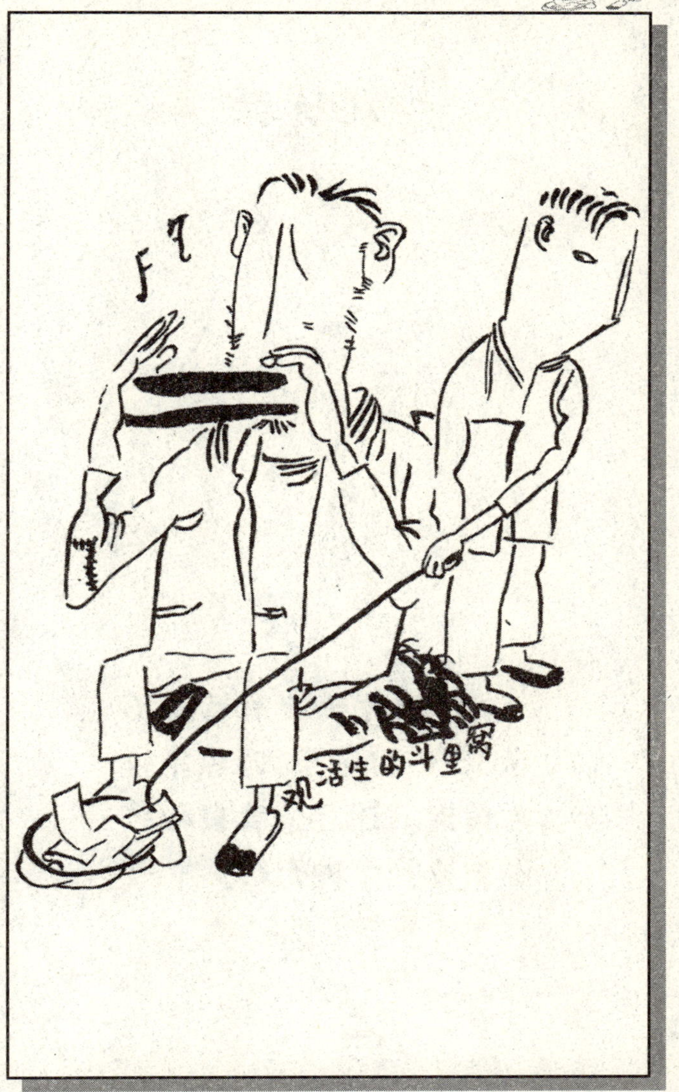
窝里斗的生活观

一种无奈

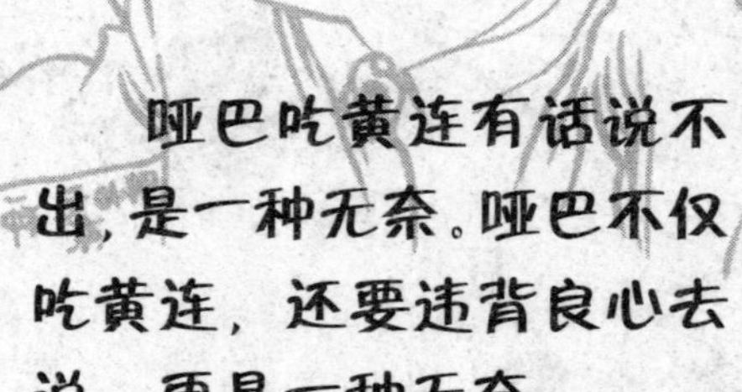

哑巴吃黄连有话说不出，是一种无奈。哑巴不仅吃黄连，还要违背良心去说，更是一种无奈。

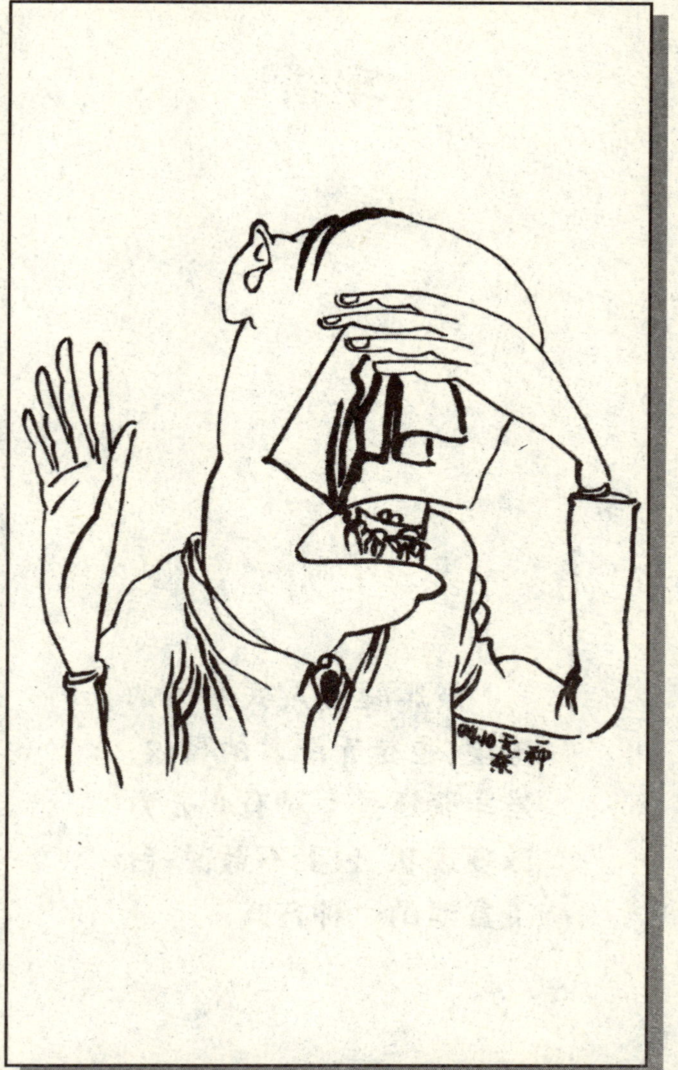

牢骚

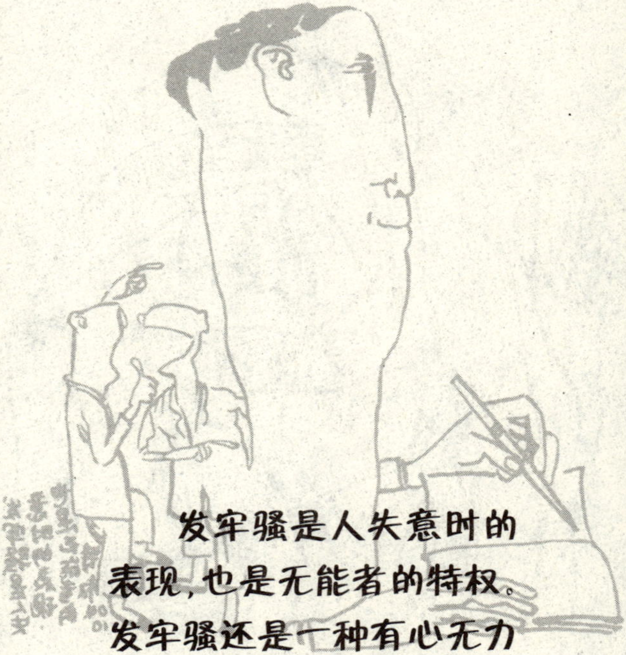

发牢骚是人失意时的表现，也是无能者的特权。发牢骚还是一种有心无力改变现状，台上不敢说，台下宣泄的一种方式。

发牢骚是人失
意时的表现，
也是无病者的
04.10

人的变异

一半是今人，一半是古人；一半是中国人，一半是外国人。

豁出去的作家

标榜自己今天是豁出去的作家，一定是昨天没豁出去，还顾虑重重，写的都是别人写过的，说的都是别人说过的。

豁出去的作家
2004.8.

后悔

后悔是对眼前的不满，是对已往错失良机的懊恼。用俗语讲就是：丢了西瓜，捡了个芝麻。

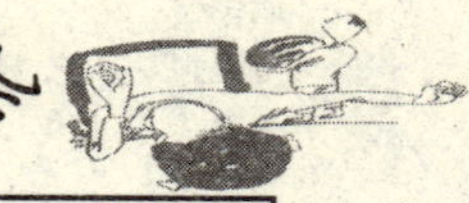

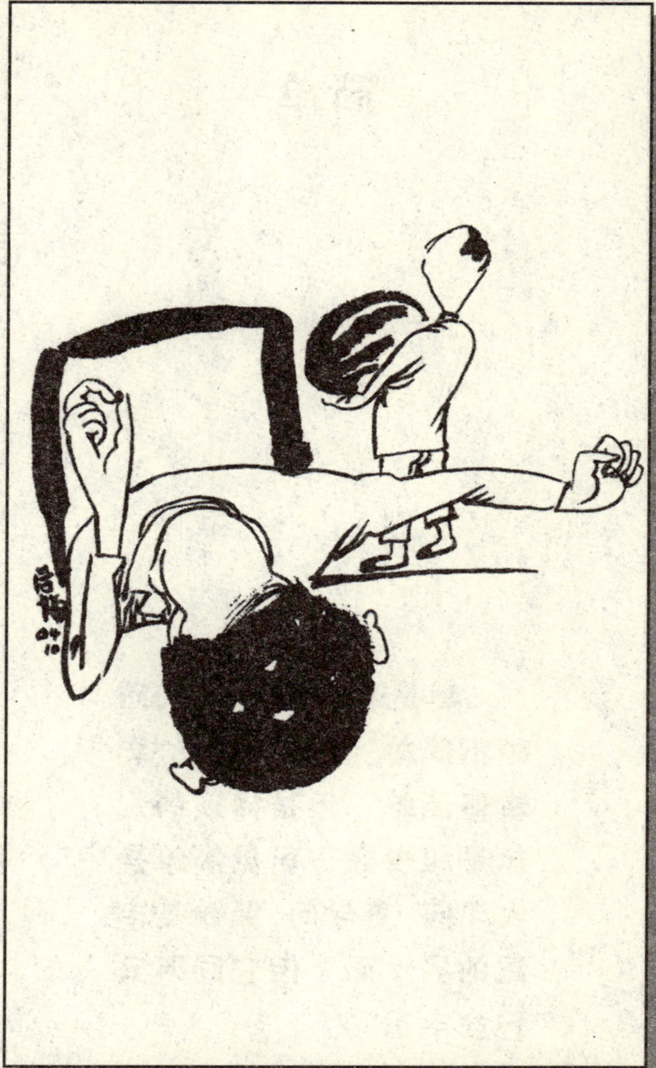

简单

越是看似简单的东西越不简单，股票一买一卖看似简单，但是挣钱的人总是极少数。可见简单是大学问，真学问。简单是丰富的另一面，但它同时又包含丰富。

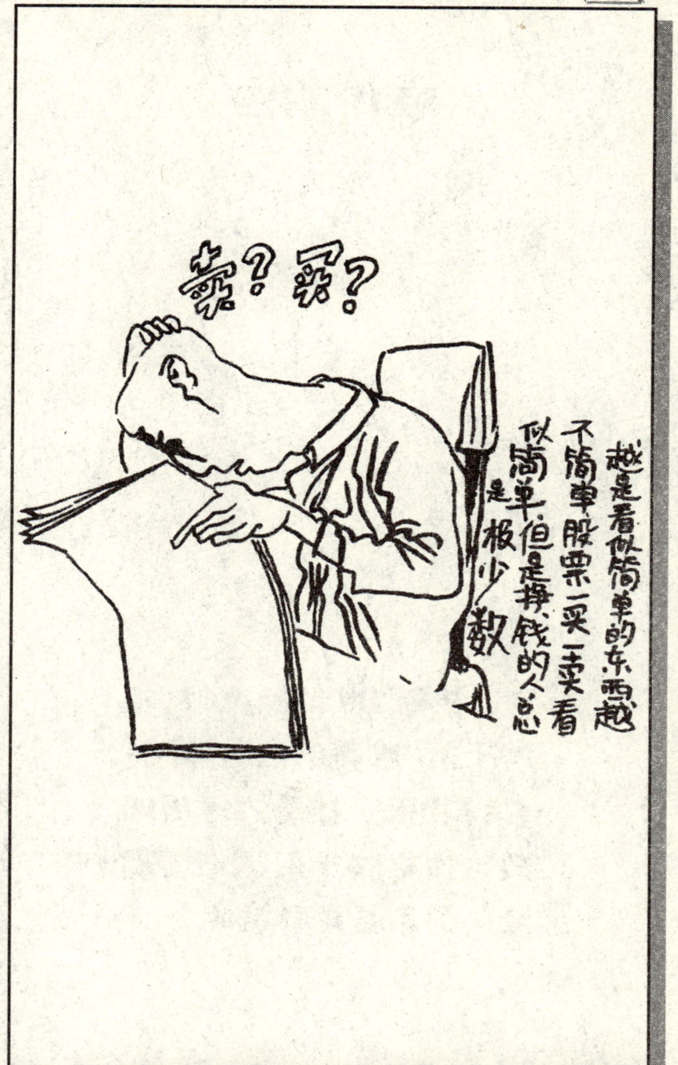
卖？买？
越是看似简单的东西越
不简单，股票一买一卖看
似简单，但是挣钱的人总
是极少数

难得明白

挂着“难得糊涂”的招牌干着“难得明白”的事是自得其乐。挂着“难得明白”的招牌干着“难得糊涂”的事是自寻苦吃。

挂着'难得明白'的招牌干着难得糊涂的事情是自寻苦吃

胜利者

在力量上超过别人，在智慧上却输给对手，如此的胜利者也只有在乱世才能一显威风。

风险与成果

有的人喜欢把风险留给别人，有的人喜欢把风险留给自己；有的人喜欢去分享别人的成果，有的人喜欢让大家分享自己的成果。

1
2
3
大家来分享

消灭隐私

有的人千方百计想要知道人家说什么，知道人家想什么。嘴上说尊重别人家的隐私，现实中是要把别人家的隐私窃取。

嘴上说尊重
别人家的隐私，
现实中是要把人家
的隐私窃为己有。

防患于未然

防患于未然首先要知道哪里有该防患之处，倘若连哪里有该防患的地方都不知道，就真的是防不胜防了。

幸福

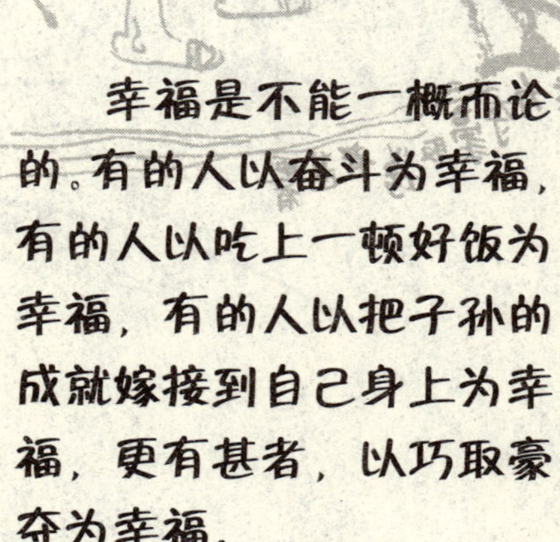

幸福是不能一概而论的。有的人以奋斗为幸福，有的人以吃上一顿好饭为幸福，有的人以把子孙的成就嫁接到自己身上为幸福，更有甚者，以巧取豪夺为幸福。

有更甚者以巧取豪夺为幸福

见解与知识

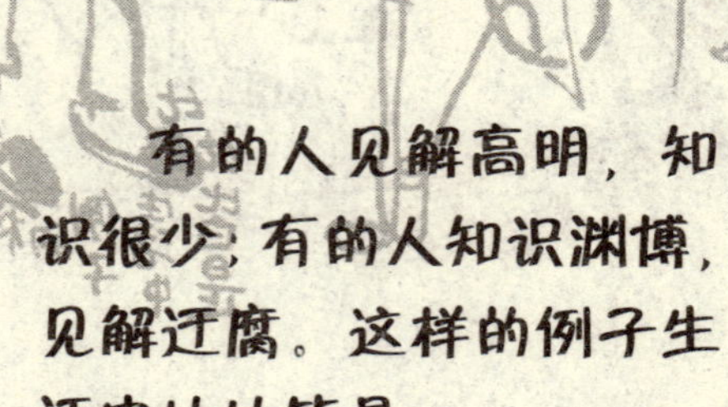

有的人见解高明，知识很少；有的人知识渊博，见解迂腐。这样的例子生活中比比皆是。

有的人知识渊博，见解迂腐，
这样的例子生活中比比皆是

君子风度

挑拨别人是非，旁观别人打架，自己却以高姿态的身份去调解，这就是所谓的“君子风度。”

挑拨别人是非，旁观别人打架

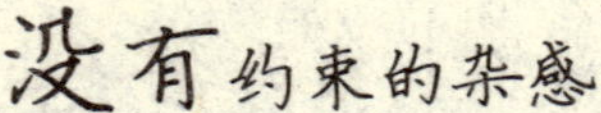

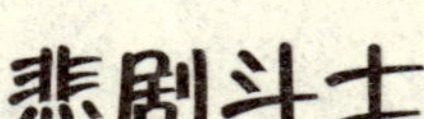

悲剧斗士

主张是善良的，行为是恶劣的，被人利用是愚蠢的。这就是历史上一些所谓“斗士”的悲剧。

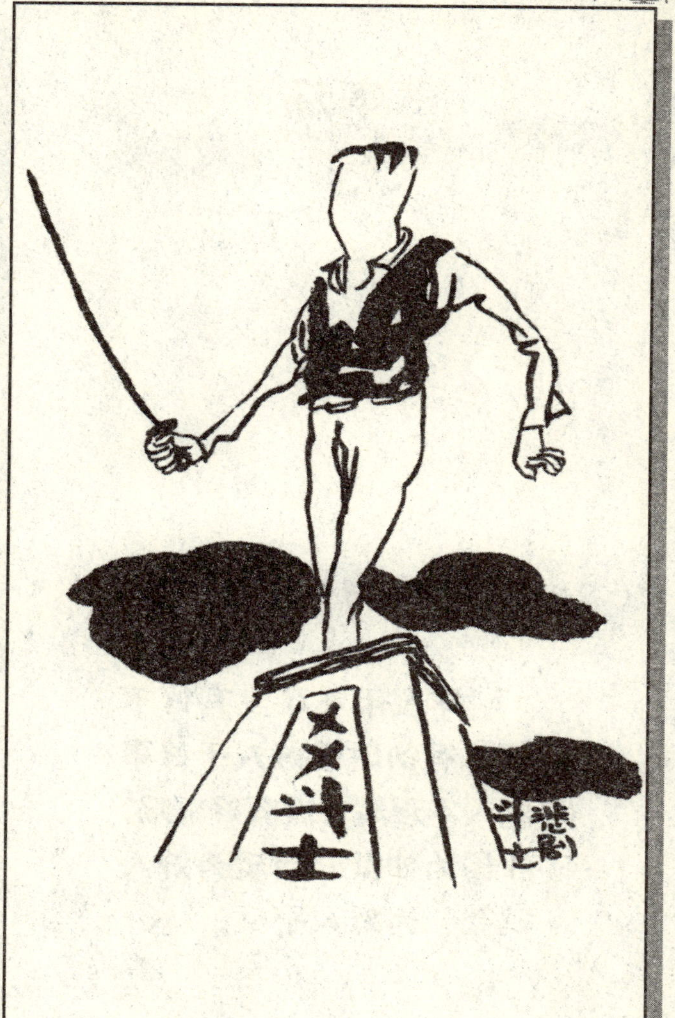

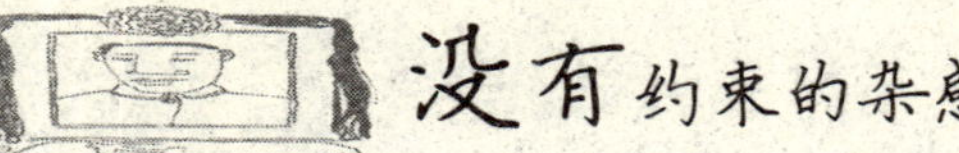

下场

坏人干坏事没有好下场。有的时候好人干好事别人不理解也没有好下场。正因为如此，历史为好人鸣冤，为好人平反。

正因为如此，而

早为好人鸣冤，为好人平反。

人对未来的预知

西方有则故事，说船上有猪与人，待船要翻时，猪不知惧怕，而人却知惧怕，这就是人比猪先知。人对未来即将发生的事情预知在先，这是好事，但也是人痛苦的根源。不过该故事恐怕也有诘难，就是你怎么知道猪不惧怕呢？你又不是猪！

船上有
猪与人
迨船要
翻时
猪不知
惧怕
而人却
知惧
怕

吹与擂

小人物是自吹自擂，大人物是被抬轿子的人又吹又擂。

吹喇叭的又是大人物提携之子
04.03

鸡犬升天

一人得道，鸡犬升天，是常伦天理。它惟一不让人佩服的是一人得道为什么在屁股后面围着一群鸡犬，怎么不围着一群虎狼呢？

鸡犬升天
04.10

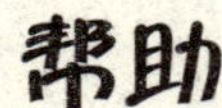

帮助

帮助别人不是吃亏，也不是奉献，是自己从中获得满足。口口声声说帮助别人吃了亏或是为了奉献，那一定是在帮助别人时另有所图。

帮助别
人不是吃
亏，也不是
奉献，是自己从
中获得满足

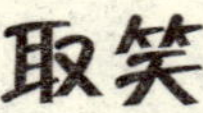

取笑

背地里取笑别人者，多数都是以己之长测别人之短，以己之所能测别人之所不能，是一种自我麻痹和陶醉。

正大光

取笑

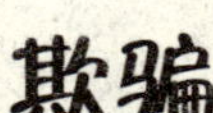

欺骗

最公开的欺骗莫过于舞台上的魔术。明明知道是假的，可台下的人却看得津津有味。把欺骗运用到如此程度，是人类的一大发明，但愿这样的发明别嫁接到人类的实际生活中。

天灾 人祸
但愿这样的发明别
嫁接到人类的实际
中生活

巴结

巴结本来是不值得提倡的生存手段，可现实中巴结者总会在巴结中得到本不该得到的东西。

换位思考

平民换位总统，才知天下之纷扰；总统换位平民，才知生存之艰辛。

换位思考
04.11.7

护短

自己不承认自己的缺陷，社会可以容忍；一旦自己承认自己的缺陷，社会就不可以容忍。所以为自己护短，倒成了自己和社会安定的一剂“良药”。

所以把短剧成了自己
和社会安定的

品人

有些人互相了解的越多，越觉得话不投机半句多；有些人互相了解的越多，越觉得酒逢知己千杯少。

有些人相互了解的越多越觉得酒逢知己千杯少
04.10.7

人生两件事

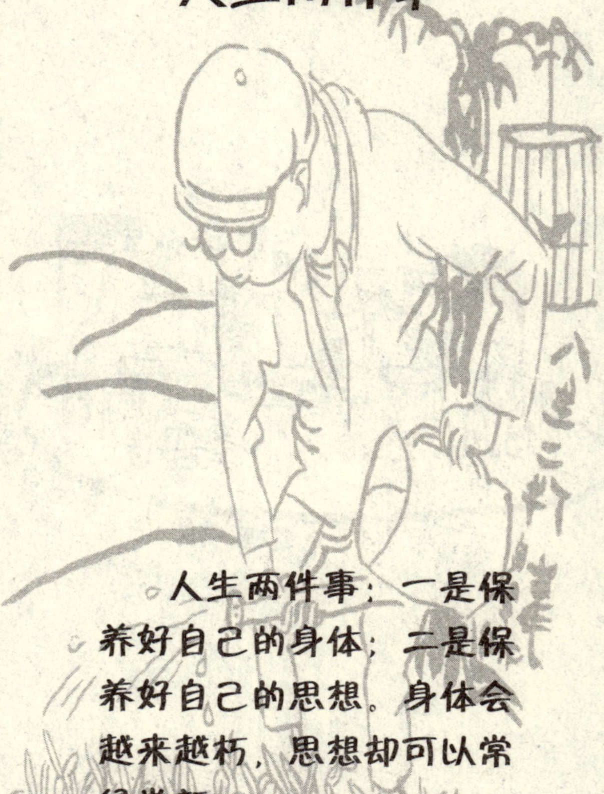

人生两件事：一是保养好自己的身体；二是保养好自己的思想。身体会越来越朽，思想却可以常绿常新。

人生三件事

后　记

我们二人在《文汇读书周报》开专栏已一年多了，这本书的大部分短文都是在该报上刊登过的。起初，我们在写作这些短文时并没有太多的打算，只是有一个人时不时冒出点儿想法，有一个人时不时想动手画画，这就开始了我们的合作。当然，我们有我们的宗旨，就是努力用最简短的语言，概括最丰富的内容；用最简单的画面，表现最丰富的世界。可是由于我们的能力有限，我们写得一般，画得也一般，但是我们在尝试，在这种尝试中，我们得到了生活赋予我们的最大快乐，这种快乐来自于两个方面：一是我们在真实地表达自己的思想，我们的所写所画都是在生活中能够捕捉到的现实，它们或丑陋、或美好；二是我们得到了一些朋友的鼓励和赞扬，这使我们知道，我们的创作对社会是有积极意义的，而没有做社会的"负功"，没有说套话、假话、废话和违心的话。

我们的合作仅仅是个开始，我们还会继续写下去，我们会反思历史、反思社会、反思我们所处的群体，当然最重要的是反思我们自己，揭露我们自己，批判我们自己，我们愿意成为这样的“反面”典型。不过这种自我批判，不同于三十年前的大批判。那种自我批判，就是自我埋葬，成为阶下囚。我们现在的自我批判，是要获得觉醒，是享受生活，做生活的主人。

在此，我们要感谢徐坚忠兄，给我们提供了在《文汇读书周报》上开专栏的机会；感谢冯爱珍主任帮助我们出版此书并提出了许多很好的建议；更要感谢著名作家邵燕祥先生妙笔生花的序言，为该书增色许多。我们的书中或许有写得不够严谨的地方，我们期待读者的批评、期待读者的指正。

作者

2004 年 12 月 12 日